无暇 他顾

No Time
to Spare

—

Ursula K. Le Guin

[美] 厄休拉·勒古恩————著

姚瑶————译

献给冯达·N.麦金太尔[1]

深情致意

---
1 冯达·N.麦金太尔(Vonda N. McIntyre,1948—2019),美国著名科幻、奇幻小说作家,著有《太阳王与海妖》《梦蛇》等。(如无特别说明,本书注释均为译者及编者注。)

目录

序言　　　　　　　　　　　　　　　　　　　　*001*

开篇小记　　　　　　　　　　　　　　　　　　*007*

第一部分　迈过八十岁

无暇他顾　　　　　　　　　　　　　　　　*011*

体弱的反击　　　　　　　　　　　　　　　*017*

缩减之物　　　　　　　　　　　　　　　　*021*

迎头赶上，哈哈　　　　　　　　　　　　　*029*

插曲　帕德日志

选择一只猫　　　　　　　　　　　　　　　*035*

被一只猫选中　　　　　　　　　　　　　　*043*

第二部分　关于文学

你能不能他妈的停下来？　　　　　　　　　*049*

读者提问	054
孩子们的信	060
拥有我的蛋糕	065
H爸爸	072
一项急需的文学奖	080
TGAN和TGOW	085
再谈TGAN	092
作为道德难题的叙述天赋	098
不必非得如此	106
乌托邦阴，乌托邦阳	112

插曲　帕德日志

| 麻烦 | 119 |
| 帕德与时光机 | 123 |

第三部分　努力理解

一群兄弟，一串姐妹	131
驱魔师	136
制服	138
紧紧抓住一种隐喻	143

尽情撒谎 148

内在小孩与赤裸政客 154

一个谦逊的提议：素食共情 165

相信"相信" 169

关于愤怒 175

插曲　帕德日志

未完成的教育 187

未完成的教育（续篇） 190

给我家猫的打油诗 195

第四部分　奖赏

环绕的星星，环绕的大海：菲利普·格拉斯和

约翰·路德·亚当斯 199

排练 205

名叫德洛丽丝的人 208

不要鸡蛋 216

饥饿圣母 224

树 229

楼上的小马 234

首次接触 *244*

猞猁 *249*

俄勒冈高地沙漠大牧场一周笔记 *260*

序言

我想起好多年前在《纽约客》上看过一幅漫画。有两个男人,一个是探索者,另一个是智者,坐在山洞前的岩架上,被一群猫环绕。"生命的意义就是猫。"智者对探索者言道。多亏了互联网的魔法,我得以确定这幅漫画的发表时间是1996年,漫画家是山姆·格罗斯(Sam Gross)。

在读这本文集时,这幅漫画重新浮现在我的脑海中。我想,如果我攀山而上,来到智慧的厄休拉·勒古恩的洞穴前,提出那个老套的问题,很可能会得到一模一样的答案。抑或不会,勒古恩是不可预测的。她或许会说"暮年是为任何抵达那里的人准备的",或是"恐惧鲜少明智,从不善良"。她也可能会告诉我,"坟墓里没有鸡蛋"。

对探索者而言,答案并没有那么重要,重要的是探索者如何运用这个答案。我不知道对于智者而言重要的部分是什么,勒古恩或许会说重要的只是早餐。

今时今日,前往勒古恩洞穴的旅程不再像典型的爬山登顶那样艰难，但同样危险。你必须穿越维基百科的沼泽，立足点变幻动荡。要蹑手蹑脚绕过所有评论区，以免惊醒山精。切记，如果你能看到他们，他们也能看到你！避开怪兽YouTube，那是庞大的时间吞噬者。你要前往名为谷歌的虫洞，滑过去，在厄休拉·勒古恩的网站着陆，径直去往博客，浏览她的最新帖文。

但要先看这本书。

在这里，你将发现一份档案，它是对诸多事物的沉思冥想：衰老；驱魔；仪式（尤其是在没有特定信仰的情况下进行的仪式）的必要性；互联网上永远无法得到纠正的错误；现场音乐与有文化的孩子；荷马、萨特和圣诞老人。勒古恩不是那种要求认同与顺从的智者。任何读过她书的人都知晓这一点。后文的所思所想仅是向你展示一直以来她都在思考什么。

但这些思考出色地发挥了作用，启发了你自己的思考。有时，洞穴的木牌上写着智者离开的字样。这些时刻则由猫代班，提出当天的话题。"想一想甲虫。"猫提议，我就这么做了。事实证明，对甲虫的思考具有惊人的扩展性，尤其是爪子不好的好猫让你那样做时。我思索猫咪和它们可爱的行凶方式。我思索麻烦重重的人类或其他生物。我认为，在内心某处，我们都怀揣莫格里[1]之梦——其他动物能视我们为它们中的一员，接纳我们。然而，当不识时务的动物向我们提出同样要求时，我们的梦破灭了。我们以为自己希望加入丛林中的野生动物，却无法容忍野生动物出现在我们的厨房。蚂蚁也太多了吧，我们想着便伸手去拿喷雾，而同样真实的是，人类也一样太多了吧。

在另一本书的另一篇文章中，勒古恩说过，所谓的现实主义以人类为中心，唯有幻想文学以同样的趣味和重要性来对待非人类。在这方面，以及其他许多方面，幻想文学都是更具颠覆性、更全面、更迷人的文学题材。我们无力应对自身数量，以及我们固执认定自己就是最重要的——这两个问题结合在一起，很可能导致我们的终结。怀着这些念头，我抵达了世界尽头，在那里，我最终厌倦了思考甲虫，并回过头去思考勒古恩。

终其数十年的职业生涯，勒古恩一直在捍卫想象力，以及由此生发的所有故事。我自己呢，整个成年生活一直在寻找爬山的路径，想得到她的答案，而我甚至不知道自己在问那些问题。鉴于此刻，我正朝着七十岁迈进，这真的是一段

---

1 莫格里（Mowgli）是英国作家吉卜林作品《丛林之书》的主角。莫格里是个印度男孩，被人遗弃后由狼抚养长大，他成长在与动物密切接触的环境中，懂得许多动物语言与丛林法则。

漫长的时光。我同她有私交,在她的陪伴下度过许多时光,我把这算作世界赠予我的最伟大的礼物。但是,哪怕我只拥有(只!哈!)她的那些书,也仍旧是份大礼。

我认为她目前正处于一个属于赞誉和钦慕的时刻。之所以有这一特殊时刻(她也有过其他时刻),部分原因是她对我这样一代作家有着深刻且根本的影响。在这本文集的开头,她谈到发现了若泽·萨拉马戈[1]的博客,并想着——哦,我明白了!我也能这样做吗?她的工作正是这样对我们这么多人起到了作用——作为一个榜样,一种对传统与预期的挣脱,一份邀请函,邀我们进入比眼前世界更为广阔的世界。

但在我看来,勒古恩的所有时刻,她得到的所有赞誉和钦慕,都不足以与她的实际成就相媲美。纵观整个历史,我想不出还有哪位作家像她一样,创造了那么多个世界,更毋庸说这些世界的复杂与错综。其他作家用一本书确保自己对世界有所遗赠,她却已经写了十几本值得传世的作品。最后一部小说《拉维尼亚》(*Lavinia*),无疑也是她的伟大作品之一。她既多产又强劲,既富有趣味又充满力量。在生活与工作中,她始终是一种正能量的存在,是一位敏锐的社会批评家,在

---

[1] 若泽·萨拉马戈(1922—2010),葡萄牙作家,诺贝尔文学奖得主,代表作有《修道院纪事》《失明症漫记》《复明症漫记》等。

我们目睹邪恶正改变世界的当下，这些特质比以往任何时候都更为必要。我们这些作为读者和作家追随她的人都是幸运儿。我们不仅爱她，更需要她。

在这些文章中，你将发现一个更为随意的勒古恩，一个松弛的勒古恩。文章中会持续出现一些她整个职业生涯都在唠叨的问题，比如增长型资本主义的致命模式，姐妹情谊及其与男性手足之情的不同之处，对类型化作品、科学及信仰的诋毁和误解等，但她已经将观点打磨至臻。在这里，目睹其思维运转的活跃方式，以及一篇最初似乎只是游戏的文章如何变得举足轻重，真是令人心旷神怡。

勒古恩对自然界的描摹一向精妙绝伦。她是我见过的最具洞察力的人之一，总是留意背景中的鸟鸣、树上的叶子。本书中她写响尾蛇的文章，以及关于猞猁的文章，对我产生了诗一般的作用，激发了我难以定义抑或难以言表的庞杂感情。

我应该把这些词造出来！勒古恩就会（搜索"Fibble, Game of"[1]）。所以我应该说，当我读到勒古恩书写鸟类或野兽，书写那些有历史、个性与独特行为的特定动物，或者当

---

[1] 勒古恩十分自豪的一件事情就是在2015年命名了"菲波游戏"（The Game of Fibble），这是一种拼字游戏，玩家需要创造出一些并不存在的单词。

我读到勒古恩书写树木、河流以及世界上所有消失的美丽之物时，我感到自己穿梭了空间。我感到别样的敬畏。我感到目瞪口呆。

目瞪口呆的

卡伦·乔伊·福勒[1]

---

[1] 卡伦·乔伊·福勒（Karen Joy Fowler，1950— ），美国科幻、奇幻作家，著有《简·奥斯汀读书俱乐部》等。

开篇小记

2010年10月

我受到若泽·萨拉马戈卓越博文的启发。那些都是他在八十五和八十六岁时发布的，今年它们以《笔记》(*The Notebooks*)为名，出了英文版。我惊奇又愉悦地阅读了这些文章。

我以前从来不想写博客。我从来就没喜欢过"博客"这个词——我推测这个词可能是指生物日志[1]之类的东西，但它听起来像是沼泽中一截湿透的树干，或者可能是鼻腔中的堵塞物（哦，她之所以么说话是因为她的鼻子里有那么可怕的博客啊）。我被博客应当有"互动性"的想法吓到，即人们期待博主阅读大家的评论，一一回复，同陌生人进行无休止的对话，这种理念让我反感。我太孤僻了，一点都不想

---
1 博客的英文为"blog"，生物日志是"bio-log"。

那么做。我可以写个故事或一首诗，并躲在文字背后，让文字为我发声，唯有如此，我才能笑对陌生人。

因此，尽管我为书景咖啡[1]贡献了一些类似博客的东西，我却从未感到享受。说到底，哪怕有了新名称，它们依旧只是一些观点的碎片或随笔，对我而言，写随笔始终是艰苦工作，偶尔才有回报。

但目睹萨拉马戈对这种形式的运用是一种启示。

哦！我懂了！我明白了！我也能试试看？

到目前为止，我的试验/尝试/努力（这就是"随笔"的意义）在政治和道德上远不及萨拉马戈有分量，都更为琐碎私人。或许，随着我对这种形式的练习，情况能够改变，但也可能无法改变。也许我很快就会发现，这种形式终究不适合我，于是我会停下来。让我们拭目以待。眼下我喜欢的是自由的感觉。萨拉马戈并没有直接与他的读者互动（仅有一次例外）。这种自由，我也是从他那里借鉴而来的。

---

[1] 书景咖啡（Book View Café），一家提供电子出版的网站。

第一部分

迈过八十岁

无暇他顾

2010年10月

我收到了哈佛大学给1951届毕业班六十周年重聚的调查问卷。当然，我念的是拉德克利夫学院[1]，但由于性别差异，当时它虽然隶属哈佛，却没人把它算进哈佛，但哈佛常因本身崇高的地位而忽略这类细节，因为地位崇高，它能考虑到所有无足轻重之事。无论如何，这份调查问卷是匿名的，因此想必没有性别立场，而且很有意思。

填写问卷的目标人群几乎都已经或者即将步入八十岁，六十年的时间足够让一个目光灼灼的年轻毕业生经历万千世事，因此问卷也礼貌地邀请孀妇或鳏夫代逝者作答。问题

---

[1] 拉德克利夫学院（Radcliffe College），七姐妹女子学院之一，创办于1879年，拉德克利夫学院于1999年全面整合进哈佛大学，正式成为哈佛大学的拉德克利夫高等研究院。

1c,"如有离婚",提供了一串有趣的小框框供勾选：一次、两次、三次、四次及以上、目前再婚、目前与伴侣同居、以上都不是。最后一个选项令人费解。我试图去想，你怎么能既离了婚，又仍然以上都不是呢。不管怎么说，在1951年的重聚调查问卷中似乎不太可能看到上述任何一个选项。你已经走了那么远，宝贝！——正如以前印着笨蛋美人的香烟广告常说的那样。

问题12："总的来说，根据您的期望，您的孙辈人生表现如何？"我最小的孙辈才刚满四岁。他的人生表现如何？好吧，非常好，无可指摘。我想知道你该对一个四岁孩子抱有怎样的期待。我唯一能想到的只有他将继续做个好孩子，并很快学会读写。我想我的答案应该是期待他上哈佛，或者至少像他的父亲和曾祖父一样上哥伦比亚大学。但眼下，待人友善、学会读写似乎已经足够了。

实际上，我真的没有什么期望。我有希望，也有恐惧，近来恐惧占据主导地位。孩子们小的时候，我尚能希望我们或许不会彻底毁掉他们的生活环境，但现在我们已经毁掉了，而且前所未有地深深屈服于牟取暴利的工业主义，只看那么几个月的未来前景。我对子孙后代能在生活中享有安逸与和平的一切希望都变得脆弱不堪，不得不遥遥延伸向黑暗之中。

问题13:"以下哪些选项将提高您家族未来几代人的生活质量?"——有方框从1到10划分重要性。第一个选项是"改善教育机会"——恰如其分,毕竟哈佛是搞教育事业的。我给了它10分。第二个是"美国经济稳定增长"。这让我彻底卡住了。多么典型的资本主义思考范例,或者说"不思考"范例——竟然认为增长和稳定是一回事!最终我在边缘处写道"两者不可兼得",并没有勾选任何方框。

剩下的选项有:减少美国债务、减少对外国能源的依赖、改善医疗保健质量及成本、消除恐怖主义、实施有效的移民政策、改善美国政治中的两党合作、输出民主。

鉴于我们是要考虑子孙后代的生活,这个列表就显得很奇怪了,它只局限于眼皮子底下的事,并且以当下狂热的右翼视角进行了过滤,如"恐怖主义"、"有效"的移民政策以及"输出""民主"等(在我看来这是一种委婉表达,指的是我们侵略不喜欢的国家,并试图摧毁其社会、文化和宗教)。九个选项,却没有一个提及气候不稳定,没有一个提及国际政治,没有一个提及人口增长,没有一个提及工业污染,没有一个提及企业控制政府,没有一个提及人权、不公或贫困……

问题14:"您是否正活出您的隐秘渴望?"又困惑了。

最终我没有选择"是""有点"或"否",而是写上了"我没有隐秘渴望,我的渴望明目张胆"。

但真正让我沮丧的是问题18。"在空闲时间,您会做什么?(勾选所有合适选项)"然后列表开始:"高尔夫……"

"创意活动(绘画、写作、摄影等)"出现了,在二十七项消遣中排名第七,在"球拍运动"之后,但在"购物""看电视"和"打桥牌"之前。

读到这里,我停下来,坐下思索了好一会儿。

关键词是"空闲时间"。这是什么意思呢?

对一个工作的人而言,比如超市收银员、律师、马路工人、家庭主妇、大提琴手、电脑修理工、教师、服务员,空闲时间指非工作时间,或其他维持生计、做饭、打扫、修车、送孩子上学以外的时间。对于处在生活中的人而言,空闲时间就是自由时间,无比宝贵。

但对八十多岁的人而言呢?退休的人除了"空闲"时间还有什么?

严格来说,我并不算退休,因为我从未有过需要退休的工作。我仍在工作,尽管没有以前那样辛苦。无论过去还是现在,我都一直自认为是职业女性,并为此骄傲。但对哈佛的提问者而言,我的终生事业却是一种"创意活动",一种爱好，是用来填充空闲时间的东西。他们要是知道我以此为生，或许就会将它挪到一个更受尊重的类别，但我对此颇为怀疑。

问题还在：当你拥有的全部时间都是空闲的、自由的，你要用它来做什么呢？

说真的，这同你在五十岁、三十岁或十五岁时拥有的时间有什么区别？

孩子们总有大量空闲时间，反正中产阶级的孩子肯定有。在学校之外，如果没参加体育运动，他们的大部分时间都是空闲的，并且多多少少都能成功想出如何利用这些时间。十几岁时，我整个暑假都是空闲的。整整三个月的空闲。没有任何必须做的事。放学后的很多时间也是空闲的。我读书、写作，同简、雪莉和乔伊斯一起闲逛，我四处游荡，思考并感受，哦，上帝，深刻的思考，深刻的感受……我希望一些孩子仍然拥有那样的时间。我认识的孩子们似乎踩在计划跑步机上，马不停蹄地冲向日程表上的下一个项目，足球练习、玩伴聚会，诸如此类。我希望他们能找到空隙，钻入其中。有时我注意到，一大家子里总有个少年，人在——微笑、有礼貌、看似专注——但心早已离席。我想，我希望她找到了一个空隙，为自己创造出了一些空闲时间，钻进去，独自一人，深处其中，思考，感受。

我猜，空闲时间的反义词就是被占用的时间。我的情况是，我仍然不知道空闲时间是什么，因为我所有的时间都被占用了。向来如此，现在也如此。它被生活占用。

在我这个年纪，生活中占比不断增加的部分纯粹就是保养身体，这很烦人。但在我的生活中，我找不到任何一段时间或任何一个时刻，是未被占用的。我是自由的，但我的时间不是。我的时间被睡眠、白日梦、经营、给朋友和家人写电子邮件、阅读、写诗、写博文、思考、遗忘、刺绣、做饭吃饭、清理厨房、弄懂维吉尔[1]、见朋友、同丈夫聊天、出门购买杂货、散步（如果能走的话）、旅行（如果我们在旅行）、时而坐禅、时而看电影、练习中国八段锦（力所能及时）、拿一卷《疯狂猫》（*Krazy Kat*）[2]躺下来午休所占据，而我自己略有那么点疯狂的猫则占据了我大腿和小腿之间的地方，他在那里安顿下来，立刻陷入深度睡眠。所有这些都不是空闲时间。我无法拨冗。哈佛在想什么啊？下周我就八十一岁了。我可没有什么空闲时间。

---

[1] 维吉尔，奥古斯都时代的古罗马诗人，其史诗《埃涅阿斯纪》长达十二卷，是代表罗马帝国文学最高成就的巨著。
[2] 美国漫画家乔治·赫里曼（George Herriman）的经典漫画作品。

体弱的反击

2010年11月

自从变老以后,我对说出"你的年龄取决于你的心态"这句话失去了信心。

这是一句有着优良传统的俗语。这句话可以径直追溯到"正向思考力量"的思潮,在美国颇为强势,因为它是那么契合"商业广告之力"和"痴心妄想之力",也可以被称为"美国梦"。这是清教主义明媚的一面:你值得什么,便得到什么(先别管阴暗的一面)。好事发生在好人身上,年轻的心灵将永远年轻。

没错。

正向思考的确颇具力量。它会产生了不起的安慰剂效应。在诸多情况下,甚至在危重病例中,它都能奏效。我认为大多数老年人都清楚这一点,我们中的许多人努力保持积极思考，既是为了自我保护，也是为了维持尊严，但愿自己不要以拖拖拉拉的呜咽结束一生。真的很难相信自己真的已经八十岁了，但正如他们所说，你最好相信。我认识九十多岁依然头脑清晰、心地善良的人。他们不认为自己年轻。他们知道自己有多老，对此有一种耐心且精确的清晰认知。如果我九十岁了还坚信自己四十五岁，那我试图从浴缸里出来时就会面临非常糟糕的光景。哪怕我七十岁了却以为自己四十岁，那也是在自欺欺人，肯定会表现得像个惹人厌的傻瓜。

事实上，我从未听过任何七十岁以上的人说"你的年龄取决于你的心态"。更年轻的人会对自己或对彼此说这句话作为鼓励。当他们对真正上了年纪的人说这句话时，并没有意识到这话有多蠢，以及它可能有多残酷。至少没见哪张海报上印过这句话。

但有一张海报上写着"老年不宜体弱"，这或许是前面那种说法的来源。海报上是一对七十多岁的男女。根据我的记忆，他们都拥有空军惯称的"鹰之外观"，穿着紧身极简服装，整体看上去非常健硕。他们的姿势表明他们刚刚跑完一场马拉松，在轻松举起十六磅[1]的哑铃时没有大喘气。看看我们，他们说。老年不宜体弱。

---

[1] 一磅约为0.45千克。

看看我，我冲他们咆哮。我跑不动，我举不起哑铃，而且一想到自己身着紧身的极简服装，就觉得怎么看都骇人听闻。我就是个体弱之人。我一直都是。你们这些体育爱好者凭什么说老年不适合我？

老年属于任何活到那个年纪的人。战士会变老，体弱之人也会变老。事实上，很可能变老的体弱之人要多过战士。老年属于健康的、强壮的、坚韧的、无畏的、生病的、虚弱的、胆小的、无能的人，属于每天早餐前跑十六千米的人和依靠轮椅生活的人，属于在十分钟内填完《泰晤士报》百科填字的人和此刻记不清总统是谁的人。老年不太关乎健康或勇气，而是更关乎运气和长寿。

如果你吃沙丁鱼和绿叶菜，涂SPF 150防晒霜，锻炼你的腹肌，这个肌、那个肌，什么肌都好，以期长命百岁，那挺不错，也许会奏效。但生命越长，其中的老年时光就越多。

那些绿叶蔬菜和锻炼或许能很好地助力老年生活的健康，但不公平的可能是，没有任何事能够确保老年时的健康。尽管进行了最仔细的保养，身体在跑了一定里程后还是会磨损。无论你吃什么，无论你的肌肉有多发达，你的骨头仍旧会让你失望，你的心脏不间断地跳动了一辈子，如此不可思议，它会对此感到疲惫，体内所有电路和配件都会开始短路。

如果你终生从事重体力劳动，并没有机会真正花很多时间在健身房里；如果你主要吃垃圾食品，因为你只知道这种食物，并且在时间和金钱上只能负担得起这种食物；如果你没有医生，因为你买不起那份保险，它成为你和医生以及你所需药物之间的障碍，那么你很可能会拖着糟糕至极的身体步入老年。或者，如果你在人生路上碰到了一些倒霉事，事故、疾病，情况也是一样。你不可能参加马拉松和举重比赛。你可能在爬楼梯时寸步难行。你可能连起床都困难。你可能难以适应无休止的疼痛。而且，这种情况不大可能随着岁月的流逝而好转。

真的，老年所带来的补偿并不在于运动造诣。我想这就是为什么那句俗语和那张海报让我如此生气。它们不光是对羸弱之人出言不逊，更是跑题十万八千里。

我想要的海报上是两位佝偻、手患关节炎、满面沧桑的老人，他们坐在一起聊天，深深地沉浸在对话中。标语应当是："老年不宜年轻。"

缩减之物

2013年5月

不想过多了解变老的事（我指的不是年纪稍长，而是绝对衰老：七十岁、八十岁，甚至更老迈）很可能是一种人类的生存特性。提前了解这些有什么用吗？等你到了那个岁数，自然能足够了解。

人们老了之后常会发现的情况之一，便是年轻人不愿听他们谈论衰老。因此，涉及老年的坦诚对话多数发生在老年人之间。

当年轻人告诉老年人什么是老年时，老年人可能不会赞同，但鲜少争论。

我想争论，就争论一下下。

诗人罗伯特·弗罗斯特的《橙顶灶莺》("The Oven Bird"）问出了最关键的问题："该如何对待缩减之物？"

美国人强烈信奉正向思考。正向思考是很重要。但凡建立在对实际情况的现实评估和接纳的基础上，效果最为显著，但建立在否认基础上的正向思考可能就没那么有效了。

每一个变老的人都必须评估他们日益变化但鲜有改善的状况，并竭尽所能加以利用。我认为绝大多数老人都接受了他们老了的这一事实，我从未听哪个年过八十的人说"我还不算老"。他们随遇而安。俗话说得好，另谋出路吧！

许多相对年轻的人，完全将暮年视为负面的，并视接受年纪为消极。他们想用积极的心态同老年人交往，结果就是否认老年人的真实状况。

人们满怀善意，对我说："哦，你还没老呢！"

那么教皇不是天主教徒。

"你的年龄取决于你的心态！"

那么，你不会真的认为已经活了八十三岁只在于心态如何吧。

"我叔叔九十岁了，他每天走十二千米。"

好运叔叔。我希望他永远不会碰到老流氓阿瑟·拉提斯[1]和他刻薄的妻子"塞艾蒂克"。

---

1 阿瑟·拉提斯（Arthur Ritis），戏指关节炎（arthritis）。下文塞艾蒂克（Sciatica）指坐骨神经痛。

"我奶奶独立生活,九十九岁了还开车哪!"

好吧,为奶奶喝彩,她基因优秀。她是个伟大的榜样,但不是大多数人能效仿的。

老年并非一种心态。它是一种生存处境。

你会对一个腰部以下瘫痪的人说这种话吗:"哦,你才不是残疾人!瘫痪只是一种心态!我表妹曾经断过脊梁骨,但她很快就康复了,现在她正为马拉松训练做准备!"

通过否认去鼓励,纵然是出于善意,却往往适得其反。恐惧鲜少明智,从不善良。你究竟是在为谁打气呢?真的是为那位老人吗?

告诉我老年不存在,就是告诉我"我"不存在。抹去我的年纪,就是抹去我的生命,抹去我。

真正年轻的人当然不可避免会这样做,这样的年轻人多如牛毛。没有同老年人一起生活过的孩子不了解老年人是什么样的。所以老年男性才会逐渐习得女性们早在二三十年前就习得的隐身术。街上的孩子们看不见你。如果他们被迫看见你,往往会带着漠不关心、不信任或敌意,动物在面对非我族类的动物时就是如此。

动物有一套出于本能的礼仪密码,用以避免或平息这种盲目的恐惧与敌意。狗会仪式性地互嗅肛门，猫在领地边界仪式性地叫。人类社会为我们提供了各种各样更为精密复杂的策略，最有效的策略之一便是尊重。你不喜欢陌生人，但你谨慎恭敬地对待他，便会得来同样的反馈，从而避免了在侵犯与防御上浪费无谓的时间与鲜血。

在不似我们这样以变革为导向的社会中，文化中大部分有用的信息包括行为准则，都是由长者传授给年轻人的。毫无意外，其中之一便是尊敬长者的传统。

在我们日益动荡、以未来为导向、由技术驱动的社会中，年轻人往往成为领路人，他们指导长辈该做什么。这样一来，谁该对谁表示尊重呢？要老年人对毛头小子卑躬屈膝是不可能的，反之亦然。

一旦背后没有了社会压力，举止恭敬便成为一种决定、一种个人选择。哪怕美国人在口头上虔诚地拥护犹太教和基督教的道德行为准则，他们也还是倾向于将道德行为视为个人选择，高于准则，往往也高于法律。

个人决定与个人观点相混淆是有道德问题的。一个名副其实的决定是基于观察、事实信息、智力和伦理判断的。而观点——新闻报道、政客和民意调查的宠儿，可能根本没有任何信息基础。在最糟糕的情况下，个人观点若是不受判断或道德传统的制约,恐怕只能反映无知、嫉妒与恐惧。

因此,如果我"决定"——如果我的观点是活得久仅仅意味着变得丑陋、虚弱、无用且碍事,我就会毫不尊重老人;正如我的观点若是所有年轻人都可怕、粗野、不可靠且不可教,我也同样毫不尊重他们。

尊重往往过于强制,而且普遍并不恰当(穷人必须尊重富人,所有女人必须尊重所有男人,诸如此类)。然而,一旦适度运用,且具备判断力,克制挑衅,依赖自控,那么尊重他人的社会要求便为理解创造了空间。它创造出一个欣赏与喜爱得以生长的空间。

观点往往只容得下自身,别无余地。

有些人所处的社会环境没有教导他们尊重孩子,如果他们学会理解、珍惜甚或喜爱自己的孩子,那就是万分幸运。有些孩子没被教导要尊重老人,他们可能会害怕暮年,并且只能走运或碰巧发掘出对老人的理解与喜爱。

我认为尊重年纪的传统本身是有理有据的。哪怕只是应对日常生活,去做以前不费吹灰之力便能完成的事,在年老时都变得越来越困难,直至你可能需要真正的勇气才能去做。老年通常包括痛苦与危险,以及不可避免地以死亡告终。接受这一事实需要勇气，而勇气值得尊敬。

谈了太多尊敬。再回到"缩减之物"。

童年是不断获得的时期，暮年则是不断失去的时期。那些公关人员不懈向我们夸耀的"黄金时代"之所以金光闪闪，是因为那是日落时分的光线颜色。

缩减所指的并不完全是变老，远非如此。卷生卷死之外的生活，又仍在舒适区，可以给人活在当下的机会，并带来真正的心灵安宁。

如果记忆力完好无损，思维头脑保持活跃，老年的智慧或许有着广度与深度皆非凡的理解力。它有更多时间积累知识，对比较与判断的实践更多。无论这知识是智力上的、实践上的还是情感上的，无论它涉及高山生态系统、佛性，还是如何安抚受惊吓的孩子——当你遇到一个拥有这种知识的老人时，如果你有一种化身豆芽的感觉，你便知道，你正面对一种罕见且不可复制的存在。

那些毕生致力于保留手艺或艺术技能的老年人也是如此。的确是熟能生巧。他们知道该怎么做，他们无所不晓，美从他们所做的事情中自然而然地倾泻而出。

然而，这些生命存留的扩展都是由长寿带来的，都受到体力与耐力衰减的威胁。无论智能应对机制给予了多么丰厚的补偿，身体这里或那里的大小故障都开始限制活动，记忆力也在应对超载与滑坡。老年时期的生活方式因这些损失与限制一步步缩减。非说它不是这样，那也毫无用处，因为它就是如此。

对此大惊小怪或心惊胆战同样没用，因为没人能改变它。

是的，我知道，目前在美国，我们活得越来越久。九十岁是新时代的七十岁，等等。大家普遍认为这是一件好事。

有多好呢？好在哪些方面呢？

我建议持久而严肃地研究橙顶灶莺问题。

对此有很多答案。若是你勤加练习，缩减之物也堪当大用。很多人（无论年轻或年老）正在努力践行。

我对那些尚未真正变老的人只有一个请求，那就是也思考一下橙顶灶莺问题，并尽量不要贬低老年本身。年纪就是年纪。让你的老年亲戚或老年朋友成为自己。否认无济于事，无益于人，毫无价值。

请理解，我是在为自己发声，为我自己乖戾的暮年发声。我可能会被一群又一群怒气冲冲的八旬老人训斥，因为他们喜欢听人说他们"神采飞扬""精神矍铄"。我并不妒忌那些愿意相信童话的人，如果我活得比期待中更久，或许也会想听到这种话：你还不老！没人会老。从此以后我们都过着幸福的生活。

迎头赶上,哈哈

2014年10月

距离我上一次写博客已经过去两个月了。考虑到我正处在八十五岁生日前夜,而任何超过七十五岁且没有持续醒目活动的人,都可能被认为已经死了,我觉得应该显露一些生命迹象。可以说是从坟墓里挥挥手。大家好!年轻国度一切都好吗?在老年国度里,一切都相当古怪。

古怪之处包括被《如何》(*How*)的作者、著名的自出版人休·伍利(Hugh Woolly)[1]称为撒谎者,因为我对亚马逊网站态度不好,后者是出了名的乐善好施的机构,致力于支持出版人,鼓舞作家,助力美国梦。在我身为作家的人生中,

---

[1] 原文如此,疑有误,或勒古恩刻意调换了作者名与作品名。此处所指为自出版人休·豪伊(Hugh Howey),作品名为《羊毛战记》(*Wool*)。休·豪伊凭借此书一炮而红。

还出现过其他形形色色的怪事，有些相当怡人。但在这个秋天，不容忽视且占据主导地位的古怪之处是没有车，这对许多人来说实属美国式噩梦。

我们其实有辆不错的斯巴鲁，但我们开不了。我从来就不会开车。我是在1947年学的开车，但没拿到驾照，为此我和所有认识我的人都心存感激。我是那种行人，明明开始过马路了，却毫无理由又蹿回路牙，然后在你的车刚开进十字路口时突然蹿到车前。我有几次差点引发事故，并招来铺天盖地的可怕咒骂。要是有辆车，我可能会干出什么来，光想想就很可怕。无论如何，我都不开车。而且自从8月以来，查尔斯因为椎管狭窄引起的坐骨神经痛也开不了车了，还不能走太多路。我能走路（我和他有一样的毛病，但幸运的是程度要轻得多），但走过几个街区后，我的左腿就一瘸一拐起来。我们距离合作超市有十个街区，地势陡峭。我们失去了双腿或汽车带给我们的自由，让我们可以随时出门，需要什么就买什么。

那是一种美妙的自由，真让人想念。我被迫回到童年时代的日常轨迹，一周购物一次。不能跑下楼去看看晚餐吃什么比较新鲜可口，或者随手拿一夸脱牛奶——一切都必须提前计划妥当并写下来。如果你周二没买猫砂，好吧，直到下周二你都别想有一粒猫砂了，而猫可能有些问题想问你。

用这种方式购物并不困难,事实上,我很期待,因为我的朋友莫会陪我一起去,她真的是一个优秀敏锐的购物者,能注意到打折商品和各种东西。然而总是得考虑来考虑去而不是直接去做,还是让人厌烦。

Just do it(只管去做)!——这是那些每天早上穿着耐克跑鞋跑三十二千米的人的座右铭,是拒绝延迟满足的咒语。没错,好吧。查尔斯和我更擅长"Sí, se puede"(西班牙语:是,可以做到),或者用高卢哲学的话说,"我们能做到"(On y arrive)。

至于预约医生,衰老最美妙的悖论之一就是你被迫看医生的次数越多,就越难去看医生。还有理发!现在我终于知道世界在那些眼睛被刘海遮住的小狗眼中是什么样了。是毛茸茸的。

总而言之,变得老态龙钟且没有车的主要影响是,同从前相比,在不得不做的事情之外,做其他事的时间变得更少了。持续回复信件、撰写博客帖文、整理地下室的书籍,以及一系列诸如此类的事情都被搁置一旁,摆在炉子上了——这个炉子或许还能运转,或许已经坏了,它自1960年起就在那儿了。

但你知道,他们再也不会制造这样的炉子了。

插曲

帕德日志

选择一只猫

2012年1月

我从来没有选择过猫,都是猫选择了我,或是有人把猫给了我们。又或是有只小奶猫在欧几里得大道的一棵树上哭泣,需要被营救,随后长成一只十四磅重的灰色虎斑公猫,给我们在伯克利的街区添了许多灰色虎斑小猫。抑或是漂亮的金色虎斑夫人,很可能是同她英俊的金色兄弟有了一段风流韵事后,带给我们好几只金色小猫,我们便留下了劳蕾尔和哈迪。又或者是威利去世时,我们请求摩根医生,如果有人在兽医院门口留下一只小奶猫,务必要让我们知道,人们总是会那么做的。可她说不太可能,因为早就过了小猫繁殖的季节,但第二天一早,她门口的台阶上就出现了一只六个月大的小猫,仿佛穿着燕尾服,她给我们打了电话,于是佐罗就跟我们回了家,待了整整十三年。

去年春天，佐罗去世后，空虚在所难免。

终于，是时候让这个房子再次拥有灵魂了（有的法国人说猫是房子的灵魂，我们深以为然）。但没有猫选择我们，没人送猫给我们，也没有猫在树上哭泣。所以我问女儿是否愿意和我一起去动物保护协会，帮我选一只猫。

一只稳重爱宅家的中年猫，适合八十多岁的主人。要公猫，没有理由，只是我深爱过的猫都是公猫。我希望是黑色的，因为我喜欢黑猫，并且读到过它们是最难被领养的猫。

但我并不挑剔细节。我对此很紧张。事实上，我很怕。

你怎么能选择一只猫呢？那些我不能选的猫又该怎么办呢？

动物保护协会的波特兰办公室是一个神奇的地方。这里天大地大，我只看了大堂和猫房——一屋一屋又一屋的猫。只要你有需求，附近总有工作人员和志愿者在。一切无不简单高效，因而看上去轻松友善，没什么压力。每天前来送养或领养动物的群体极为庞大，当你身为其中之一，当你目睹动物们无休止地进进出出，窥见接收、治疗和供养它们所囊括的庞杂无尽的工作，就知道能够达成这种轻松氛围几乎不可思议，让人钦佩得五体投地。

如今人类与动物的联结是个颇为棘手的问题，从某种意义上说，动物保护协会展示了这一困境最为尖锐的一面。然而，在目之所及的一切中，我也看到了人类付出心血所能种出的最好果实。

我们径自找到路进入猫房，浅浅看了看，发现当时可供领养的中年猫咪屈指可数。那里现有的猫咪大多来自同一个地方，我最近在报纸上读到过：一个养了九十只猫的女人，她确信自己爱所有的猫，一直在照顾它们，它们都很好……然后，你懂的，一个悲伤的故事。动物保护协会接收了其中约六十只猫。我们跟在一位和善的助手身后，她告诉我们，以那些猫所处的状况而言，绝大多数动物生活在其中都会很糟糕，但这些猫并没有那么糟，社会化程度相当不错，但状况也没有那么好，在未来相当长一段时间内都需要特殊照料。这对我来说有点超纲了。

除了它们，那里大多数猫都是小奶猫。她说，今年猫产崽特别晚。就像西红柿结果一样，我心想。

在一个有六到八只小猫的房间里，卡罗琳注意到一条剧烈摆动的尼龙游戏管，里面似乎至少有两只活泼好动的猫，一黑一白。最终出来的是一只小猫，黑白相间，扬扬自得。工作人员告诉我们，他比大多数小猫都要大，有一岁了。所以我们要求看看他。我们来到面试间，她带着这只身披燕尾服的小家伙走了进来。

就一岁的小猫而言，他看上去特别小。七磅重，她说。他的尾巴直挺挺地立着，并且令人惊讶地咕噜起来，用相当高亢的嗓音说了一大堆话，经常在嬉戏或安抚的情境下翻倒。显然，他很焦虑，但这也极为自然。他稍微依附在助手身上，直到她留我们同他独处。尽管他不愿意在谁的膝头安顿下来，但并非真的害羞，也不介意被抱起、挪动及抚摸。他眼睛明亮，被毛光滑柔软，黑色的尾巴竖起，左后腿上的黑斑看起来可爱得要命。

助手返回时，我说："没问题了。"

她和我女儿都有点惊讶。或许我也有点。

"你不想再看看其他猫吗？"她问。

不，我不想。把他送回去，再看其他猫，选择其中一只，也许不会选他？我办不到。命运或动物之主或其他什么再一次把一只猫呈现在我面前，我选择接受。

他的前主人认真填写了动物保护协会的调查问卷。她的回答很有用，又令人心碎。字里行间，我了解到，他猫生中的第一年是在一个大家庭中度过的，同猫妈妈及一只同胞手足生活在一起，房子里有几个三岁以下的孩子，几个三到九岁的孩子，几个九到十四岁的孩子，但没有成年男性。

全部三只猫都被放弃，寻求收养的原因是：无力供养。

他来到动物保护协会刚四天。他们给他做了绝育，他恢复得很快。他的健康状况极好，曾被精心喂养、温柔对待，是一只合群、友善、爱玩、欢快的小宠物。我不愿去想那个家庭的泪水。

今天，他已经和我们在一起满一个月了。正如第一任主人提醒的那样，他面对男人时有点害羞，但没那么严重，而且不怕孩子，尽管明显对他们有所提防。我们同害羞、谨慎的佐罗共度了十三年，他害怕很多东西——包括我女儿卡罗琳，因为有一次她带着两只难以驾驭的大狗来家里住，之后的十年里，佐罗从未原谅她。但这个小家伙不胆小。事实上，他可能过于无畏了。他在成长过程中自由地出入室内室外。在我家，天气转暖之前他是不会出去的，但天暖以后他就必须出去了。我只能希望他知道在外面应该害怕什么。

像许多年轻气盛的猫一样，他每天都要像雄鹿一样发一两次疯，在屋里飞来奔去，离地三尺高，把东西碰掉打翻，陷入五花八门的麻烦。抗议的训斥无济于事，轻拍屁股略有效果，他明白并记住了"不！"这个字以及将手挡在他鼻子前的含义。但我发现，有时威胁举起的手会让他像只挨打的狗一样后退蜷缩，这令我痛苦。我不知道这反应来自何处，但我受不了。所以我能做的只有大喊、拍打和说"不！"。

冯达给我寄了满满一桶超级弹球，极为适合玩单人足球游戏，消耗过剩精力。他擅长所有绳类游戏。每当他在杆子拴绳的游戏中取得胜利，便会带着绳与杆走开，并且喜欢把所有东西都拿到楼下，撞出咔嗒咔嗒的动静来。他相当精通"门下有爪"游戏，但还没有掌握"栏杆间有爪"的要领，因为在他长大的房子里没有栏杆。显然，初来乍到时，他试图应对我们的楼梯，这对他而言是全新的地貌。学习过程好玩极了，对我们老人家来说却挺危险的，我们在楼梯上本就站不稳，现在还有一只稀里糊涂的猫突然出现在下一级台阶上，翻着肚皮，或者在你脚前疯狂地穿来穿去。但他掌握了所有这些，现在跑上跑下连台阶都不会碰到，把我们远远甩在身后，仿佛生来就习以为常。

在动物保护协会，他们提醒过我们有一种猫感冒正在蔓延，很可能来自被救助的猫，他也有可能感染了这种病，对此他们无能为力，能做的并不比园丁更多。于是他就把感冒带回了家，整整两周都是个鼻涕邋遢的小男孩。这并不是个全然糟糕的开端，因为他渴望拥抱，长时间睡觉，我们可以静静地相互了解。我没那么担心他，因为他没有发烧，胃口每时每刻都很好。吃饭的时候，他得使劲用鼻子呼吸，但他吃啊吃，而且吃……猫粮。哦！猫粮！哦，喜悦！哦，美味佳肴，哦，金枪鱼、寿司、鸡肝和鱼子酱，一应俱全！我猜猫粮可能是他唯一吃过的东西。所以猫粮就是食物。他喜欢食物，由衷喜欢。他肯定不会因挑剔苛刻的口味给我们添麻烦，但要防止这只猫发胖可能需要强大的意志力（我们的），我们会努力的。

他很漂亮，但唯一不同寻常的美属于眼睛，你得仔细观察才能意识到。硕大的深色瞳孔周围环绕一圈绿色，绿色之外又环绕略带红色的明黄。我曾在一颗半宝石上看到过这种神奇的过渡：他有一双金绿宝石般的双眸。维基百科告诉我们，金绿宝石或亚历山大石是一种三色宝石。它能呈现出翡翠绿、红色或橙黄色，显色取决于光照角度的不同。

他感冒时，我们一起到处躺着，我测试了一些名字。亚历山大过于帝国主义，金绿宝石过于庄严。比科似乎是个适合他的名字，或者帕科。但在我喊出的名字中，唯一能让他频频环顾四周的便是帕德。这名字最初来自"加拉帕多"

(豹,兰佩杜萨的法布里奇奥王子)[1]。对他这样的小体格而言,无论谁叫这名字都显得太长了,于是我就缩短为帕多,然后又变成帕德,听起来就像拍档一样。

嘿,小帕德。我希望你选择在这里待上一段时间。

---

[1] 加拉帕多(Gattopardo)在意大利语中意为"豹",取自意大利作家兰佩杜萨的作品《豹》。法布里奇奥王子为《豹》中的人物。

被一只猫选中

2012年4月

在我写下他到来后的四个月里，小帕德已经长大。他现在是一只不算大但相当结实的帕德。他就是大家所谓的矮脚猫，而非大长腿。当他端坐时，从背后看是个可爱又匀称的球形，一颗闪亮的黑球，外加脑袋和尾巴。但他并不胖，虽然他也不是没有尝试过发胖。他仍然喜欢猫粮，哦，猫粮，哦，多么可爱的猫粮！嚼啊，嚼啊，嚼到最后一粒碎渣，然后仰起头，立刻流露出无尽的哀怨——我饿了，我要死了，我已经好几个星期没吃东西了……他很乐意成为"肥球帕德"，但我们铁石心肠。兽医说每天半杯食物，我们始终听命行事。早上七点四分之一杯猫粮，下午五点再来四分之一杯。好吧，是的，还有午餐时浇了温水的六分之一罐猫罐头，以确保他摄取充足水分。但他常常把猫罐头留到五点，等到猫粮就位，后者才是唯一真正的食物。然后他扫光两个碗，走进客厅，也许会飞来飞去跑酷一下，但大多数时候只是坐着，幸福地消化。

他是一只生动鲜明的小生物。青春如此戏剧性！他的礼服是纯粹的黑白色。他极尽甜蜜，又极尽疯狂。如野马般狂野，如树懒般闲散。上一刻还在腾空，下一刻就秒睡。他不可预测，但保持着精确的日常轨迹——每天早晨，他冲过来迎接查尔斯下楼，摔倒在门厅的小地毯上，以爱慕的姿态挥舞爪子。但他仍旧不愿意坐在腿上，我不知道是否有一天他会愿意。他就是不接受大腿的可能性。

被二十分钟强烈恒定的咕噜声唤醒美妙极了，再加上探索脖子的鼻子、拍打头发的爪子……咕噜声逐渐增强，他开始猛扑我们……到此时，起床不费吹灰之力。然后他抢在我前面冲进浴室，窜来窜去，大多数时间都飞在齐腰的高度，参与一切。他会玩我为他在浴缸里放的水，然后跳出来，在各处留下花瓣般的湿脚印，如果我在洗脸池给他放出涓涓细流，他就会合上塞子，从而造出一个水坑，凶残的美洲豹或许会蹲伏在此，等待犬羚和瞪羚，也有可能是甲虫。随后我们下楼——一个飞，另一个不飞。

关闭排水口非常典型。他还很擅长打开储物柜，因为但凡能钻进去的地方，他都喜欢钻——储物柜、抽屉、盒子、袋子、麻袋、正在铺的被子、袖子。他机敏灵巧、热衷冒险并且果敢坚决。我们称他为"坏爪子好猫"。爪子让他陷入麻烦，引来高声训斥、责骂、控制和挪移，而这只好猫以极有耐心的好心情忍受了这些——"他们在喋喋不休个啥啊？我又没把那东西打翻。是爪子干的。"

屋里各处的架子上原本都摆着很多精美易碎的小物事。现在没有了。

查尔斯给他买了一条红色的小背带。他对穿背带有着不可思议的耐心，几个星期以来，我们都以为查尔斯肯定会双手沾满鲜血，但并没有。穿背带的时候，他甚至会咕噜，略带哀怨。紧接着牵引绳固定到背带上，他们便出门去，沿着后门的楼梯走进花园，查尔斯带帕德散步。有两次很顺利，结果之后有个在篱笆外跑步的男子重重地跺了脚，吓到了帕德，帕德当即就要回到屋里去，直到现在，他才开始对外界所有稀奇古怪的动静不再无差别地感到恐惧。

我想，等到雨停，我们可以和他一起在户外坐下，那时一切都会好的。他需要敞开的空间飞来飞去，这是毫无疑问的。我们当然也担心他因热忱与无知而变得过于大胆，漫游到别人家荒芜的后院、山下的灌木丛，或是追逐一只鸟儿闯到街上，迷路或遇到敌人。对猫来说，敌人出现的形式多种多样。它们是小型动物，是捕食者，却也非常脆弱，而帕德既没有街头智慧，也没有荒野智慧。但他很聪明，他有权利享受我们能给予他的自由。只要雨停。

他常常待在书房里，陪我度过一天中的大部分时间，他就睡在打印机上，距离我的右手肘大约三十厘米。他从一开始就很黏我，现在依然喜欢楼上楼下地跟着我，紧随左右，哪怕他正在变得更加独立——这是好事，如果我想成为宇宙中心，我就会养狗。我的猜测是，在他猫生的第一年，身处小而拥挤的家庭，他从未形单影只，因此需要时间来适应独处，适应寂静、无聊，不再被元气满满的小婴儿追逐或挤压，诸如此类。

不想成为宇宙中心并不意味着我不喜欢有只猫在身侧。我们似乎给他取了个恰切的名字：他的确是个拍档，是个真正的同伴。当他像毛皮睡帽一样睡在我的头顶，和我共享枕头时，我真的很欢喜。他在打印机上睡觉的唯一麻烦，是离我的备份装置"时光机"只有十五厘米，每当保存文件时，机器就会发出怪异而微弱的嗡嗡声，恰好很像甲虫。帕德知道那个盒子里有许多甲虫。我磨破嘴皮都无法改变他的想法。那个盒子里有甲虫，总有一天，他会把爪子伸进去，把甲虫抓出来吃掉。

第二部分

关于文学

你能不能他妈的停下来？

2011年3月

我一直在读书、看电影，在这些作品里，似乎没有一个人物除了说"操"（fuck），还能说点别的，除非他们说"狗屎"（shit）。我的意思是，除了"操"，他们似乎没有任何词能用来描述"操"。每当他们被耍了，就说"狗屎"。狗屎的事情发生时，他们就说"狗屎"或者"噢，狗屎"，或者"噢，狗屎，我们他妈的完蛋了"。其中蕴含的想象力令人震惊。我是说真的。

我读过一本小说，小说家不仅让所有角色一直说"操"和"狗屎"，就连她自己也加入这混战中来，狗屎透顶。因此这本小说充满了深情款款的狗屎话，比如"夕阳他妈的太美了，他妈的令人难以置信"。

我猜事情是这样的，有些词汇曾是冲击性词汇，如今却变成了一种噪声，据说可以加强你的语气。抑或这种词的出现只是用来填补单词之间的空缺，致使真正的单词成为一个个"操"之间的狗屎话？

绝大多数脏话和冲击性词汇源自宗教。该死、该死的、地狱、上帝、下地狱吧、耶稣啊、基督啊、耶稣基督啊、全能的耶稣基督，等等。其中一些词偶尔出现在十九世纪的小说中，通常（或者说更勇敢的）表达是用 By G—! 或 d—n![1]（诸如"畜生""天呀""岂有此理"这类古老的或土语中的咒骂都是完整印刷的）。到了二十世纪，亵渎宗教的咒骂开始蔓延，随后悄悄渗入了印刷品。那些被认为属于"性露骨"的词汇的审查历史要长得多。刘易斯·甘奈特（Lewis Gannett）是曾经的《纽约先驱论坛报》的书评人，他手里有一份最高机密的词汇清单，是出版商在印刷《愤怒的葡萄》前不得不删掉的词。一天晚上，晚餐过后，刘易斯津津有味地向他的家人和我的家人大声朗读了这份清单。那份词汇清单可能没能让我大跌眼镜，因为我只记得一连串乏味的词汇，毫无疑问，大多是约德[2]一家说的，但也只是毛毛雨程度的冲击。

---

[1] 指印刷品对"God"和"Damn"进行字母省略。
[2] 美国小说家约翰·斯坦贝克长篇小说《愤怒的葡萄》中的人物。

我记得"二战"期间,我的兄弟们休假回家,从来没在我们这些家庭成员面前说过一个脏字,真是丰功伟绩。只有后来,在我帮哥哥卡尔清理泉水时,那里有一只死掉的臭鼬,可能滞留了整个冬天,那时我才在人生中第一次学到真正的脏话,那是壮丽难忘的一课,一次性教了我七八种脏话。士兵和海员总是骂骂咧咧的——不然他们还能做什么呢?但是诺曼·梅勒[1]在《裸者与死者》(*The Naked and the Dead*)中被迫使用委婉的虚构词"草"(fugging),给了多萝西·帕克[2]讽刺他的机会:"哦,你就是那个不知道怎么拼写'操'的年轻人吗?"她当然不会错过这样的机会。

随后六十年代接踵而至,那时很多人开始说"狗屎",哪怕并没有兄弟给他们上课。不久之后,铺天盖地的"狗屎"和"操"在印刷品中大肆传播。最终,我们开始从好莱坞明星的口中听到这些字眼。因此,现在为数不多能摆脱这些词的地方是1990年以前的电影、1970年以前的书,或是在遥远的荒野深处。但请确保在荒野之中,没有猎人会走到你浑身是血的身体旁说,"啊,狗屎,伙计,我以为你是只他妈

---

1 诺曼·梅勒(Norman Mailer,1923—2007),美国著名作家、国际笔会美国分会主席,因私生活成为美国最受争议的作家之一。
2 多萝西·罗斯希尔德·帕克(Dorothy Parker,1893—1967),美国诗人、小说家、评论家,才华横溢、谈吐机智。

的麋鹿"。

我还记得曾经的骂人话丰富多彩，往往别具一格，尽管按现代标准来看温和平淡。有些人咒骂宛如艺术表达，呈现出毫无节制又出乎预料的炫目结合。在我看来，如今只有两个词被用作脏话，而且很多人时时刻刻都在用，如果没有这两个词，他们甚至都没法说话或写东西。

我们这两种脏话，一个与排泄物有关，另一个（显然）与性有关。它们都是需要准许的领域，类似宗教领域，那里有严格的限制，有些事情除了在特定时间或特定地点，可能绝对禁止探讨。

因此，小孩子喊屁屁和便便，大人喊屎。把排泄物放到不该放的地方！

把词汇放在不恰当的地方，脱离禁区，即咒骂的基本原则。我理解并赞同。纵然我真的很想在气恼时不再说"哦，狗屎"（直到三十五岁左右，没有这个词我也表达无碍），但至今我还没能成功回归"哦，见鬼"或"该死"。"屎"这个词以shh音开头，以爆破音t结尾，两个音之间那个快速的短音ih，真的有点东西……

但是"操"和"操他妈的"呢？我不知道。哦，它们作为咒骂听起来也不错。真的很难让"操"这个词听起来愉快或友好，但它又在表达什么呢？

我认为没有毫无意义的脏话，如果它们毫无意义，就不会起作用了。"操"主要与性有关吗？或者代表男性侵略性的性？又或者只是侵略性？

直到二十五年或者三十年前，据我所知，"操"仅仅指代一种性行为：男人对女人所做的事，无论后者是否同意。如今男女都用它来指代性交，它变得（从某种程度上说）无性别，于是女人也可以言及操自己的男友。所以，这个词应该摆脱强烈的插入与强奸隐喻——但事实上并没有。至少听在我的耳朵里没有。"操"是一个侵略性的词、一个压制性的词。当保时捷里的家伙大喊"操，浑蛋"，他并非邀你去他的公寓共度良宵。当人们说"哦，狗屎，我操"，他们并不是说自己正度过一段双方同意的欢愉时光。这个词具有巨大的压制、虐待、蔑视与仇恨隐喻。

所以上帝死了，至少作为脏话死了，但仇恨与粪便仍旧屹立不倒。Le roi est mort, vive le fucking roi（法语：国王已死，他妈的国王万岁）。

读者提问

2011年10月

最近我收到了一封读者来信，在表达了喜欢我的书后，他说他要问一个可能显得很蠢的问题，我不是非得回答，但他真的很渴望知道答案。这个问题关于巫师盖德[1]的化名"雀鹰"。他问，这是指新世界（美洲新大陆）的雀鹰，即美洲隼，还是指旧世界（欧亚非）的红隼，也是隼，又或者这两种雀鹰都不是隼，而是鹰属？

（敬告：这些鸟类可能会让你陷入混乱。很多人会交替使用"雀鹰"和"红隼"这两个词，但无论是在欧亚大陆还是在美洲，红隼都是隼，然而并非所有雀鹰都是红隼，反之亦然。你明白我的意思了吗？我只是遗憾我们失去了美丽的

---
[1] 勒古恩长篇小说《地海巫师》中的主人公。

英国名字"茶隼",但还好我们有G. M. 霍普金斯[1]的诗。)

我当即尽心回复了这封信。我说,在我看来,它不可能是上述任何一种鸟,因为它就不是地球上的鸟类,而是地海世界的鸟,林奈[2]并没有带着他的命名罐去过那里。但我在写这本书时,在我的想象之中,我所看到的鸟无疑很像我们华丽的小小美洲隼,所以或许我们可以称之为陆生小型红隼。〔我在回信时没有想到 *parvulus*(小),但应该有它。雀鹰是一种体形相当小的隼。盖德是个好斗的男孩,但个子很小。〕

回信后,我想到自己是多么迅速又多么愉快地回了这封信。我看着那堆永不减少的等待回复的信件,想到我是多么希望推迟回信,因为其中有太多信件都很难回复,有些甚至不可能回答……然而,我非常想去回复,因为写这些信的人,都是喜欢或至少对我的作品有所回应的人,他们针对作品提出疑问,并不怕麻烦告诉我这一点,因此值得我费心回答,有时回信也很愉快。

为何这么多写给作者的信让人难以回复?这些难以回复

---

[1] 杰拉尔德·曼利·霍普金斯(Gerard Manley Hopkins,1844—1889),英国诗人,他在写作技巧上的变革影响了二十世纪的许多诗人。《茶隼》一诗比较典型地体现了他的创作艺术。
[2] 卡尔·冯·林奈(Carl von Linné,1707—1778),瑞典生物学家,动植物双名命名法的创立者。

的信有什么共同之处吗？我已经就此思考了几天。到目前为止，我得出了这一结论——

它们提出了宏大而普遍的问题，有时源自一些学科分支，写信人反而比我要更了解，比如哲学、形而上学或信息论。

或者是他们问了道家、女性主义、荣格心理学或信息论如何影响了我这类宏大而普遍的问题，有些情况下，你只能用一篇冗长的博士论文才能回答，而其他情况下只能回答"影响不多"。

又或者，他们之所以问出宏大而普遍的问题，是基于对作家如何工作的宏大而普遍的误解，比如，你的灵感来自哪里？你的书主旨为何？你为什么写这本书？你为什么写作？

最后一个问题（实际上是个高度形而上学的问题）往往由年轻读者提出。一些作家，甚至那些并不真正以写作为生的人，会回答"为了钱"，这当然会掐断进一步的讨论，让话题进入一条死得不能再死的死胡同。我诚恳的回答是"因为我喜欢写"，但这不太是提问者想要听到的，也不是老师想在书评或学期论文里看到的。他们想要有意义的答案。

意义——这或许是共同特征，是我正苦苦求索的烦恼之源。这本书有什么意义，这本书里的这件事有什么意义，这个故事有什么意义……？告诉我它的意义。

但那不是我的工作，亲爱的。那是你的工作。

至少在某种程度上，我清楚我的故事对我来说有何意义。而它对你的意义可能截然不同。我在1970年写下那个故事时，它对我的意义可能完全不同于它在1990年或2011年的意义。在1995年，它对任何一个人的意义可能都与在2022年大相径庭。它在俄勒冈的意义到了伊斯坦布尔可能让人完全无法理解，然而在伊斯坦布尔，它可能会获得一种我永远也料想不到的意义……

艺术中的意义并不同于科学中的意义。只要理解每一个字，热力学第二定律的意义不会因何人阅读、何时阅读、在何地阅读而改变，但《哈克贝利·费恩历险记》的意义是会改变的。

写作是一种冒险的尝试，没有保证。你必须接受冒险。而我很高兴冒险，我钟爱冒险。所以我的作品会被曲解、误读、产生分歧——那又怎样呢？如果它是真正的作品，就几乎能在任何唾沫星子中生存下来，除非被忽视、消失或无人问津。

于你而言，"它有什么意义"就是它对你来说有什么意义。如果你还很难确定它对你究竟意义何在，我能理解你为什么想要问我，但请不要这样做。去阅读评论家、职业批评家、博主和学者的文章。他们都在写书籍对他们来说意义何在，试图解释一本书，以期达成一个对其他读者有用的合理共识。那是他们的工作，其中一些人做得相当出色。

我也从事评论家的工作，而且很享受。但作为小说作者，我的工作是撰写小说，而非评论它。艺术不是解释。艺术是艺术家所做的事，而非艺术家所解释的事。（在我看来就是如此，这就是为什么我不大适应某类现代博物馆艺术，观展时会看到艺术家对作品的解读，从而让人了解为什么要看这个作品，或者"如何去体会"它。）

我认为陶工的工作就是制作一件好的陶器，而不是谈论如何、在哪里以及为何要做这个陶器，她认为这件陶器的用途是什么，有哪些别的陶器影响了它，陶器意味着什么，或者你该如何体会这件陶器。当然，如果她愿意，也完全可以这样做，但她理应这样做吗？为什么？我并不期待她这样做，甚至不希望她这样做。我对一个优秀陶工的全部期待只是继续制作另一件好陶器。

像雀鹰那样的问题并不宏大，并不形而上，并不私人，而是关于细节、事实（在小说的案例中，是想象的事实）的问题，是在一定范围内有关特定部分的针对性问题，是大多数艺术家都愿意试着去回答的问题。技术方面的问题，如果在一定范围内且具体精确，艺术家思考起来也会觉得很有趣

（例如"你为什么使用水银釉"或者"你为什么用/不用现在时写作"）。

关于意义之类的宏大而普遍的问题只能笼统回答，这让我感到很别扭，因为在笼统概括时很难保持诚实。若是跳过所有细节，你又怎么知道自己是否在说实话呢？

但任何问题，如果它在一定范围内，具体而精确，就都可以诚实回答，哪怕只能回以："我真的不知道，我从未想过，现在我必须考虑一下了，谢谢你的提问！"我对这样的问题心存感激。它们让我不断思考。

现在，回到霍普金斯和《茶隼》——

> 今早，我捕捉到了清晨的宠臣，
> 　　白昼王国的王储，斑斓黎明牵引猎隼，正策马
> 　　掠过起伏的大地，身下是平稳的气流，昂首阔步在那高高的地方……

啊，我们可以解释这首诗，谈论它的含义，为什么要那么写以及它是如何做到的，永远都可以。我也希望我们会这样做。但诗人，就像猎隼一样，将解读留给了我们。

孩子们的信

2013 年 12 月

当我说喜欢收到孩子们的粉丝来信时，人们有时会面露讶异。他们的讶异令我讶异。

我从小朋友那里收到了一些非常可爱的信，他们都不到十岁，自己写信给我，多半有父母的些许辅助。他们常将自己描述为"你的超级大粉丝"，这让我想象他们正乖巧地飞在帝国大厦上空。不过，大多数来信都来自阅读了《飞天猫》（*Catwings*）系列书籍的班级。我尽量回复这些信件，至少写下名字感谢每一个孩子，通常也没办法做到更多了。

有些来信很棘手。老师告诉孩子们"给一位作家写信"，这让这项任务成了要求，并不考虑学生的感受与能力，也不考虑我的。一位被迫给作者写信的绝望十岁孩子告诉我："我看了封面。相当不错。"我要对他说什么呢？他的老师同时将他和我置于难堪境地并拂袖离去。不公平。

老师经常让学生们告诉作者他们最喜欢书中的哪个部分，并提出一个问题。最喜欢的部分没问题，孩子总能假装，但问一个问题却毫无意义，除非他们真的有问题。这也属于考虑不周，拉高了不可能的期待，指望一个埋头工作的作者能够写信回答二十五或三十个不同的问题，哪怕其中大多数问题都是某两三个标准主题的变体。

如果孩子们真有什么东西想写，而老师让孩子们写下来，那就没问题。孩子们的问题是真实的，尽管其中一些就连斯芬克斯都会被难倒。"为什么飞天猫有翅膀？""你为什么写书？""我想知道你是怎样让封面上的一些单词倾斜的。""我的猫咪嘘嘘九岁了。我十岁。你的猫多大了？抓老鼠是正义的吗？"还有一些有趣的评论。孩子们直截了当，既有正面的也有负面的。他们的评论让我知道是什么内容吸引了他们，又是什么内容令他们烦恼。"遇见猫头鹰之后，詹姆斯有没有变得更好？""我讨厌简·塔比夫人，她把小猫咪赶出了家门。"

我最喜欢的班级来信，是老师鼓励孩子们为书中的场景画插图，或者为《飞天猫》的冒险故事写续篇和番外篇。

前不久ursulakleguin.com上发布的《飞天猫5》和《飞

天猫6》就是一种范例：老师引导或与学生合作编故事，并通过图片来解释故事。这是在艺术项目上进行的团队合作练习，令人赞赏，成果非常迷人。然而，成年人的掌控不可避免地驯服了故事与图画中蓬勃的不可预测性，这种不可预测直接源自每个孩子的想象力。这样的插图、故事和小册子带给我近乎纯粹的快乐。

但如今，这些故事不可避免地会模仿电子游戏，这偶尔出现的劣质合金才是成年人掌控中更令人担忧的例子。在这些故事中，飞天猫通过"传送门"进入一场毫无逻辑的冒险，涉及百万次的战斗，以及对敌人、怪物等进行的百万次屠杀。显然，这是孩子唯一知道的故事。看到一颗心陷入无休止重复的暴力行为，没有意义，没有出路，只有升级才能保持刺激，这令人恐惧。到目前为止，这种情况只发生在男孩身上，如此看来，可能还有希望。我想起1937年，我听到二哥在他的房间里编织并表演自己的冒险故事——反抗的叫喊，沉闷的砰砰声，高呼"抓住他！抓住他！"，还有机枪扫射声。我的哥哥经历过所有那些兵荒马乱，长成一个毫无暴力倾向的成年人。但那些即时奖励的毁灭游戏就是为了让人上瘾而设计的，其中的角色和行动是预设好的"活动人偶"，唯一的目标就是"获胜"，因此可能难以摆脱或被替代。被迫陷入无休止、无意义的反馈循环,想象力食不果腹,从而被杀灭。

至于我从这些故事和小册子中获得的喜悦,其中很大一部分是看到有这么多孩子都那么愿意写一本书(这本书可能只有五十个字那么长)。他们对此充满信心,对画插图也很有把握。他们在给书赋予章节、目录、封面和献辞时显然兴高采烈。结尾处,他们都以自豪的夸张花字写下"结束"二字。他们理应自豪。老师为他们骄傲。我为他们骄傲。我希望他们的家人也为他们骄傲。在你六岁、八岁或十岁时写一本书是一件非常酷的事。它会将你引向其他很酷的事,比如无畏的阅读。但凡写过一本书的人,怎会害怕阅读一本书呢?

作为一位经验丰富的鉴赏家,我可以说,孩子们写得最好的信和书都是纯手写的。计算机或许会让写作更容易,但也并非总有优势——轻松会导致仓促轻率与花言巧语。从视觉角度来看,打印件整齐划一、索然无味,手写体却充满活力。非规范化的创造性拼写颇有风味,明明可以给读者提供极大乐趣,计算机拼写检查却会将其全部剥夺。在打印件中,没有人告诉我他们在书中的"favrit pert"[1],或他们的

---

[1] 即"最喜欢的部分"(favorite part)。这里是作者所说的非规范化的拼写方式,后文一系列英文都是这两个单词的非规范书写。

"favroit prt""faevit palrt",又或是"favf pont"。在打印件中,没有人问我"Wi did you disid to writ cat wigs"[1],也没有华丽的结尾致意,比如"Sensrle"——这个写法曾把我难倒,直到"San serly"和"Sihnserly"[2]给了我线索;或者"Yours trully",也被拼写为"chrule"[3];又或者经常重复年轻的简·奥斯汀的写法,"Your freind"[4];抑或偶尔完全神秘的告别——"mth frum Derik""Fsrwey, Anna"[5]。

Frswey,勇敢的老师们,勇敢的孩子们!(并感谢你们的语录!)

mth frum Ursula[6]。

---

1 即"你为什么决定要写《飞天猫》"(Why did you decide to write catwings)。
2 以上三个单词的正确拼写为"sincerely",真诚的。
3 以上两处的正确拼写为"Yours truly",此致。
4 即"你的朋友"(your friend)。简·奥斯丁在小说中就喜欢将"friend"拼写成"freind"。
5 前者为"来自德里克"(message from Derik),后者可能指"再见,安娜"(Farewell, Anna)。
6 即"来自厄休拉"(message from Ursula)。

拥有我的蛋糕

2012年4月

无法理解俗语是某种病症吗？精神分裂症，还是偏执狂？不管怎样，都是糟糕透顶的状况。许多年前听到这个说法时，我深感担忧。但凡听到有关某种症状的一切，都会让我担忧。我有吗？是的！是的，我有！哦，天哪！

而我有证据证明我是偏执狂（或精神分裂症患者）。有一句司空见惯的俗语，我知道我一直没能理解。

你不可能既拥有你的蛋糕，又吃掉它。
（You can't have your cake and eat it too.）

我的个人逻辑是，如果没有蛋糕，你怎么可能吃掉蛋糕？由于我无法与之争论，因此默默地固执己见，这使我陷入了窘境——要么这句话毫无意义（那么聪明人为什么要说这话呢），要么我有精神分裂症（或偏执狂）。

日月如梭，在过去这些年里，我时不时为自己搞不懂这句俗语而伤脑筋。而后慢慢地，慢慢地，我突然意识到"拥有"这个词有几种含义，或者说含义上的细微差别，主要含义是一样东西为某人"所有"或"占有"，但其中一个不太常见的含义是"保留""保持"。

你不可能既保留你的蛋糕，又吃掉它。

哦！

我明白了！

这是个好俗语！

而我并不是一个偏执的精神分裂症患者！

然而，我竟然没有更早想到"拥有"这个词还有"保留"的含义，真的很反常。我也为此苦苦思索了好一阵子，最终得出了以下结论。

首先，在我看来，这句话里的动词顺序有误。毕竟，在吃掉蛋糕前，你必须先拥有蛋糕。如果这句俗语是"你不能吃掉你的蛋糕，然后还拥有它"，我或许就能理解了。

然后，还有另一重混淆，同"拥有"相关。在我成长过程中所讲的美国西海岸方言里，要表达"我在聚会上吃了蛋糕"（I ate cake at the party），我们会说"在聚会上我有蛋糕"（I had cake at the party）。所以，"你不可能既拥有你的蛋糕，又吃掉它"是试图告诉我，我不能既吃掉我的蛋糕，又吃掉我的蛋糕……

小时候听到这样的说法，我心想"嗯？"但没说什么，因为对于大人们说的一切让小孩子"嗯？"了一下的话，一个孩子绝无可能也绝无途径去质询。所以我只是努力自行琢磨。当我卡在你拥有的蛋糕是你不能吃的蛋糕这不合逻辑的句子中时，就从未想到过这种可能，即这句话是关于选择贮藏囤积还是狼吞虎咽，或者是没有中庸之道可走时选择的必要性的。

估计你现在已经受够蛋糕了。抱歉。

但是你看，这就是我经常思考的那类事情。

名词（蛋糕）、动词（拥有），其他单词，以及单词的使用和滥用、单词的含义、单词及其含义怎样随时间和地点而变化，还有单词从更古老的词或其他语言中的派生——单词令我着迷，一如我的朋友帕德对桦叶槭甲虫着迷。此刻帕德不能外出，只好在室内狩猎。此时此刻，在室内，我们没有老鼠，但我们有甲虫。哦，是的上帝，我们有甲虫。如果帕德听到、闻到或看到一只甲虫，那只甲虫便立即占据他的宇宙。他会不顾一切——他会在废纸篓里翻找，打翻并摧毁易碎的小物件，把又大又重的字典推到一边，疯狂跃入空中或跳上墙壁，一动不动地凝视着难以企及的固定灯具长达十分钟，在那盏灯里，能看到一只甲虫移动着的小小剪影……当他把这只甲虫弄到手，他总能弄到手，他深知你不能既拥有你的甲虫，又吃掉它。所以他吃了。立即。

并没有很多人能对这种特别的痴迷或执念感同身受，我知道的，纵然我并非真有多喜欢知道这一点。我指的是单词，不是甲虫。不过我还是想指出，查尔斯·达尔文几乎像帕德一样对甲虫深深着迷，虽然目标略有不同。他甚至曾试图把一只甲虫放进嘴巴，想通过含着它来保存它，这是注定失败的尝试。[1]无论如何，有许多人喜欢阅读那些优美单词和短语的意义与历史，却没有那么多人愿意苦思冥想多年，思考一个无关紧要的俗语中动词的某一种含义。

---

1 摘自达尔文自传。"我将证明我的热情：有一天，在撕掉一些老树皮时，我看到两只罕见的甲虫，于是便一手捉住一只，紧接着我又看到了第三只，是全新的品种，错失这只我可受不了，于是我把抓在右手里的那只甲虫放进了嘴巴。哎呀！它喷射出一些极其辛辣的液体，烧灼我的舌头，因此我不得不把那只甲虫吐出来，结果我就搞丢了它，搞丢了第三只甲虫。"——作者注

即便是在作家之中，似乎也不是所有人都能体会我对一个单词或一种用法上穷碧落下黄泉的求索乐趣。若我开始在公共场合高调表现这一兴趣，有些作家会用厌恶或怜悯的眼光看我，或者试图悄然离开。因此，我甚至不确定这种嗜好同我的作家身份是否真有关联。

但我认为确实有关。不是与身为作家本身有关，而是与我身为作家有关，与我身为作家的方式有关。当人们要求我谈论我所做的事情时，我常将写作类比为手工艺——编织、陶艺、木工。我发现我对单词的着迷，很像雕刻师、木匠、细木工对木头的共同着迷——这些人会因为找到一块精美的老栗木而高兴，仔细研究，了解它的质地，带着感官上的愉悦把玩它，并思考栗木都被用来做过什么，又可以用它做什么。他们热爱木头本身，热爱这块纯粹的素材，热爱他们的工艺原料。

不过，当我将我的技艺与他们的进行比较时，略微有些自负之感。木匠、陶工、织工处理真实的材料，他们的作品之美是深刻而辉煌的有形之美。写作是如此无形、如此精神性的活动！写作的起源不过是巧妙的口头表达，而口头之言不过就是呼吸。写下或以其他方式记录下文字是将其有形化，使其持久；书法和排版则是实现无上美感的必要工艺。我欣赏它们。但事实上，它们同编织、制陶或木工一样，同我所做的事情关系不大。看到某人的诗歌被美美地印刷出来真的很棒，但对诗人而言，或者不管怎样是对这位诗人而言，重要的仅仅是看到诗歌被印刷出来，无论以何种方式，无论在何处——这样读者就能读到它了。这样它就能在头脑间流传了。

我在头脑中工作。我所做的一切都在头脑中完成。在写作中，我的手所做的事与编织者的手用纱线所做的事、陶工的手用黏土所做的事或木匠的手用木材所做的事不尽相同。如果我所做的、我所创造的是美丽的事物，那它并非有形之美。它是虚幻的，在我的脑海中发生——我的脑海，以及读者的脑海。

你可以说，我听到声音，并相信这些声音是真实的。（这可能意味着我是精神分裂症患者，但俗语测试证明了我不是——我真的，真的理解那句话的意思了，医生！）然后，通过写下我听到的内容，我诱导或者说强迫读者也相信这些声音是真实的……不过这么描述并不算贴切。并不是那种感觉。我真的不知道这一生我所做的事，这份文字工作究竟是什么。

但我知道，对我来说，单词就是实实在在的东西，近乎无形，却是真实存在的东西，而且我很喜欢它们。

我喜欢它们最为有形的一面：它们的声音，在脑海中听到或听他人说出。

与此同时，不可分割的是，我喜欢单词之间的意义之舞，它们在句子或文本中无休止的变化与错综复杂的关联，由此想象中的世界才得以建构并分享。写作让我参与到单词的变化与关联之中，开启无穷无尽的玩耍，这便是我终生的事业。

单词是我的材料，我的原料。单词是我的一束纱线，我的一团湿黏土，我的一块未雕之木。单词是我的魔法，是反俗语的蛋糕。我吃掉它，并且仍然拥有它。

H爸爸

2013年6月

我一直在思考荷马,忽而想到,他的两本书便是两种基础的幻想故事:战争与旅途。

我相信其他人肯定也想到过。荷马就是这样。人们不断研究他,不断探索出新发现或旧发现,首次发现一些事,或者一再发现某些事,并不断说出来。这种情况已经持续了两三千年。对于对任何人具有任何意义的任何事物而言,这都是惊人漫长的时间。

总之,《伊利亚特》是战争(实际上只是战争的一部分,接近结尾但不包括结尾),而《奥德赛》是旅途(正如比尔博[1]所说的"去而复返")。

我认为荷马胜过了绝大多数书写战争的作家,因为他没

---
[1] 比尔博·巴金斯,托尔金小说《魔戒》和《霍比特人》中的人物。

有站队。

特洛伊战争不是善恶之战,你也不能把它视为善恶之战。它只是一场战争,一种浪费、无用处、不必要、愚蠢、持久又残酷的混乱,充满了勇敢、懦弱、高尚、背叛、断手断脚和开肠破肚的个人行为。荷马是个希腊人,或许本来可以袒护希腊,但他有一种正义感和平衡感,似乎是希腊人的特质——或许他的同胞从他那里学到了很多呢?他的公正绝非冷漠,故事里有大量激情澎湃的行动,慷慨、可鄙、壮丽、琐碎。但这是毫无成见的,不是撒旦对战天使,不是神圣的战士对战异教徒,不是霍比特人对战半兽人。只是人对抗人。

当然,你可以选边站,几乎人人都这样做。我尽量不这样,但没用,比起希腊人,我就是更喜欢特洛伊人。但荷马确实没有站队,因此他让这个故事有了悲剧性。通过悲剧,心与灵变得悲恸欲绝,变得更加宽广与崇高。

战争本身能否升华为悲剧,拓展并升华灵魂,我将这个问题留给那些同我相比更为直接地参与过战争的人去判断。我认为有些人相信它可以,并且可能会说,战争给了英雄主义和悲剧机会,由此战争变得正当。我不知道。我只知道一首关于战争的诗能做什么。无论如何,战争是人类的行为,而且没有展现出停止的迹象,因此谴责它或为它辩护可能都没那么重要，更为重要的是如何能够将它视为悲剧。

可一旦你站了队，就失去了这种能力。

是我们那占据支配地位的宗教让我们希望战争是好人与坏人之间的斗争吗？

在善恶之战中，可以有神圣的或超自然的正义，但没有人类的悲剧。严格来说，从定义上看，它算是喜剧（如同《神曲》的情节）：好人获胜。它有一个美满结局。如果坏人打败好人，悲惨结局，也仅仅是翻转，是同一硬币的反面。作者并非中立。反乌托邦不是悲剧。

弥尔顿作为一位基督徒，必须站队，因此无法避免喜剧。他只能让路西法的邪恶变得宏伟、英勇甚至富有同情心，由此来接近悲剧，但这是在假装。他假装得很出色。

或许不仅仅是基督教的思维习惯，还有我们在成长过程中碰到过的困难，让我们坚持正义必须偏向良善。

毕竟，"让最佳人选获胜"并不意味着好人就会赢。它的意思是，"这将是一场公平对抗，没有偏见，没有干涉——所以最佳战士将获胜"。如果奸诈恶霸公平地击败了好人，那么他将被宣布为冠军。这就是正义。但这是孩子们无法承受的那种正义。他们愤而反对。这不公平！

但是，孩子们若永远不学会承受这一点，他们就无法继续了解在战斗中获胜或失败，或在任何并非纯粹道德竞争的竞赛中获胜或失败（无论是什么竞赛），同谁更有道德没有任何关系。

强权不等于正确，对吧？

因此正确也不等于强权。对吧？

但我们希望它是。"我的力量如同十人之力，因为我心地纯洁。"[1]

如果我们坚持认为在现实世界中，最终胜利者必须是好人，那我们已经将正确献祭给了强权。（这是历史在大多数战争后所做的事，它为胜利者卓越的美德鼓掌，也为他们卓越的火力鼓掌。）如果我们篡改竞争条件，妨碍竞争，好人就可能输掉战斗，但总能赢得战争，我们已经离开了现实世界，身处幻想大陆——一厢情愿的幻想国度。

荷马并不做一厢情愿的幻想。

荷马的阿喀琉斯是个不服从命令的军官，一个闷闷不乐、自怨自艾的少年，他心烦意乱，不愿为自己这一方而战。假以时日，阿喀琉斯可能会在某一天长大，他对朋友帕特洛克罗斯的爱便是征兆。但他要强奸一个女孩，却必须返还给上级军官，结果对女孩大发雷霆，对我而言，这大大削弱了这

---

[1] 出自英国诗人丁尼生的诗歌《加拉哈爵士》("Sir Galahad")。

段爱情故事的光辉。在我看来，阿喀琉斯不是好人。但他是一名好战士，是了不起的斗士，甚至比特洛伊主战士赫克托耳更出色。无论以什么为标准，赫克托耳都是个好人——好丈夫、好爸爸，在各方面认真负责——一个好人。但正确不等于强权。阿喀琉斯杀了他。

大名鼎鼎的海伦在《伊利亚特》中戏份极少。因为我知道，她将毫发无伤地穿过整场战争，她在我眼中是机会主义且不道德的，薄情如烤盘。但是，如果我相信好人会获胜，奖励归善良的人所有，那我就必须把她看作被命运冤枉、被希腊人拯救的无辜美人。

人们确实这样看她。荷马让我们每个人都创造出自己的海伦，所以她才不朽。

我不知道现代奇幻作家是否可能拥有这样崇高的心灵（从中立"崇高"之气的意义上说）。我们一直努力将历史与虚构分开，因此我们的幻想是可怕的警告，或纯粹的噩梦，不然就是愿望的满足。

我不认为有任何战争故事能同《伊利亚特》相媲美，也许只有宏大的印度史诗《摩诃婆罗多》才行。故事中的五个英雄兄弟当然是英雄，这是属于他们的故事，但同样是他们的敌人的故事，那些人也是英雄，其中一些确实非常伟大。

整个故事如此庞大而复杂，充满了对错、牵扯以及比希腊神更为直接出手干预的神祇。然后，结局究竟是悲剧还是喜剧呢？整个故事就像一口巨大的锅，食物源源不断地补给进去，当下你最需要什么来滋养你，都可以把叉子探进去，叉出来。下一次，它的滋味又可能截然不同。

《摩诃婆罗多》整体的味道与《伊利亚特》大相径庭，主要是因为《伊利亚特》真实还原了战争中发生的一切（除了不公正的神明干预），冷酷无情。而《摩诃婆罗多》中的战争则完全是灿烂的幻想，从超出常人的壮举到超群的武器。印度英雄们只在精神痛苦时才会突然令人心碎、改头换面般地变得真实起来。

至于旅行。

《奥德赛》中实际写到的旅行部分，同我们所有书写某人启程穿越海洋或陆地的幻想故事相关，是这些故事的起源。人们在旅途中会遇到奇迹和恐惧、诱惑和冒险，可能在旅途中逐渐成熟，也许最终回归故里。

荣格学派的学者如约瑟夫·坎贝尔（Joseph Campbell），已经将这类旅途归纳为一系列典型事件和形象。尽管这些归纳在批评中能起到作用，但它们都经过了不可避免的简化，因此我抱持怀疑态度。"啊，夜海之旅！"我们呼喊，感觉自己理解了什么重要的事，但我们只是认识它而已。在实际踏上那段旅途前，我们什么也没理解。

奥德赛的旅行涉及一系列惊心动魄的冒险，以至于我往往会忘记书里其实有那么多内容写的是他的妻子和儿子——他漂泊在外时家中发生了什么，儿子如何去寻找他，以及他回家后更为复杂的故事。我喜欢《魔戒》的一点，是托尔金理解英雄环游世界时，农场里发生的事情有多么重要。然而，在你和弗罗多等人回到家乡之前，托尔金从未把你带回家中。但荷马这样做了。在整整十年的旅程当中，读者在拼命赶往珀涅罗珀身边的奥德修斯与迫切等待奥德修斯的珀涅罗珀之间交替切换——既是旅行者又是目标——一段精彩绝伦的时空间交织叙述。

荷马和托尔金都极为诚实地描绘了当一个远走他乡、凯旋故里的英雄有多困难。无论奥德修斯还是弗罗多，都无法停留太久。我真希望荷马写了墨涅拉俄斯国王与妻子海伦一起回家后的经历，为了赢回海伦，他和其他希腊人战斗了十年，十年间，她在特洛伊城墙内安然无恙，并一直同英俊的帕里斯王子同进同出（而后，当他一败涂地后，她嫁给了他的哥哥）。很显然，在雨中的海滩上，她从未想过给她的一号老公墨涅拉俄斯发封邮件,甚至发条短信。但是,墨涅拉俄斯家族之后的一两代人都相当不幸,或者如我们所言,有点功能失调。

或许,你能够直接追溯到荷马的,不仅仅是奇幻文学?

一项急需的文学奖

2013年1月

我第一次了解萨特奖是通过 *NB*，即伦敦《泰晤士报文学副刊》最后一页上着实令人愉快的专栏，由 J. C. 撰写。这个奖项以1964年拒绝诺贝尔奖的作家命名，其声望正在飙升，或者说无论如何都理当飙升。正如 J. C. 在2012年11月23日的专栏里所写："颁给拒绝领奖者的让-保罗·萨特奖地位如此之高，以至于欧美各地的作家都在拒绝奖项，以期被萨特奖提名。"他怀着适度的骄傲补充说："萨特奖本身从未被拒绝。"

最新入围萨特奖的是劳伦斯·费林盖蒂[1]，他拒绝了匈牙利笔会颁发的奖金五万欧元的诗歌奖。专制的匈牙利政府为

---

[1] 劳伦斯·费林盖蒂（Lawrence Ferlinghetti，1919—2021），美国垮掉派诗人，旧金山城市之光书店创始人，著有《心灵的科尼岛》等。

该奖项提供了部分资金。费林盖蒂礼貌地建议他们使用奖金设立一个"作品支持绝对言论自由的匈牙利作者"基金。

萨特拒绝的理由与他拒绝加入荣誉军团及其他组织的理由一致，也同他那优秀的、反暗示性的存在主义者特质一致。他说："我是签让-保罗·萨特，还是签诺贝尔奖得主让-保罗·萨特，两者是不一样的。作家必须拒绝将自己变成一个机构。"当然，他已经是一个"机构"了，但他珍视自己的独立自主。他不让机构拥有他，但他的确参与了起义，并参与了1968年5月支持罢工的街头示威，因非暴力反抗行动被捕。戴高乐总统迅速赦免了他，并以高卢人的风格精彩评论"你不可能逮捕伏尔泰"。

我希望颁予拒绝领奖者的萨特奖，能够被称为鲍里斯·帕斯捷尔纳克[1]奖，他是我心目中真正的英雄之一。但这样又不合适，因为帕斯捷尔纳克并非主动选择拒绝1958年的诺贝尔奖。他是迫不得已的。如果他试图前去领奖，苏联政府会立刻兴师动众地逮捕他，将他送往西伯利亚的劳改营，让他陷入永久的沉默。

我曾经拒绝过一个奖。我的理由要比萨特小家子气，尽

---

[1] 鲍里斯·帕斯捷尔纳克（1890—1960），苏联作家、诗人。1957年发表《日瓦戈医生》，获得1958年诺贝尔文学奖，后因受到苏联文坛的猛烈攻击，被迫拒领诺贝尔奖。

管并非毫无关联。那是在最寒冷、最疯狂的冷战时期，那时甚至连小行星Esseff都在政治上四分五裂。我的中篇小说《玫瑰的日记》被美国科幻作家协会授予星云奖。大约同一时间，同一组织剥夺了波兰小说家斯坦尼斯拉夫·莱姆的荣誉会员资格。会员里有一大群冷战分子认为，一个住在铁幕之下、对美国科幻小说毫无尊重的人必定是个共产党，无权加入美国科幻作家协会。他们援引技术性细节，剥夺了他的会员资格，并坚持执行。莱姆是个难搞、傲慢的家伙，有时让人难以忍受，但他是个英勇无畏的人，还是个一流的作者——处于苏联统治下的波兰，似乎不太可能出现如此思想独立的写作。美国科幻作家协会对他进行了粗鄙、狭隘的侮辱，令我义愤填膺。我放弃了会员资格，并且觉得从一个刚刚展现出政治偏狭的团体那里接受一个颁发给书写政治偏狭故事的奖项颇为可耻，因此在公布获奖者之前，我撤回了角逐星云奖的作品。美国科幻作家协会打电话给我，请求我不要撤稿，因为实际上它已经获奖了。我无法从命。于是，带着一种完美的、会降临到任何以高贵姿态站在道德制高点的人头上的讽刺，我的奖项被颁给了亚军艾萨克·阿西莫夫，这位冷战时期的老酋长。

将我的渺小拒绝与萨特的伟大拒绝联系起来的，是一种接受一个机构的奖项就意味着被该机构拉拢，或形同被拉拢的感受。萨特基于一般原则拒绝了这一点，而我是出于具体的抗议。但是，他不同意用身外之物定义自我，对此充满怀疑，这一点我衷心赞同。他觉得，诺贝尔奖贴在作家脑门上的巨大的"成功"标签，在某种意义上会遮蔽他的脸庞。成为"诺贝尔奖得主"会玷污他作为萨特的权威性。

当然，这恰恰是畅销书和评奖的商业组织所追求的：将名字作为商品。这是为成功销售盖上了保证戳。诺贝尔奖得主某某。畅销书作者某某。《纽约时报》畅销榜连续三十周冠军作家某某。简·D.普利策奖得主……约翰·Q.麦克阿瑟天才奖得主……

这些做法、这些意味，并非奖项创立者的希冀，但人们就是这样利用文学奖的。奖项是致敬作家的方式，具备真正的价值，但公司资本主义将奖项作为营销策略，有时授奖者还将其当作政治噱头，损害了奖项的价值。而且奖项的声誉及价值越高，损害也就越严重。

尽管如此，我还是很高兴若泽·萨拉马戈——这位比萨特更坚定的马克思主义者——决定不拒绝诺贝尔奖。他知道没有什么能损害他，哪怕是成功，也没有什么机构能够将他归化。他的脸自始至终都是他自己的脸。尽管委员会有许多诡异的选择和疏漏，但诺贝尔文学奖仍有极高的价值，确切而言，是因为它同帕斯捷尔纳克、辛波斯卡、萨拉马戈这样的作家联系在一起。至少，它承接了他们脸上反射的一丝微光。

尽管如此，我认为应当承认"萨特拒奖奖"是珍贵且及时的奖项，更重要的是，这个奖不会因过度滥用而受到玷污，非常安全。我希望有个真正可鄙之人授予我一个奖项，这样我就有机会获得萨特奖了。

TGAN 和 TGOW[1]

2011年9月

当我还是个年轻小说家时,总有评论家热情宣称某本鲜为人知的书,例如《称之为睡眠》(*Call It Sleep*),或某本大获成功的书,例如《裸者与死者》,是"那本伟大的美国小说"(The Great American Novel,缩写为TGAN)。作家们使用这种说法,多半出于开玩笑——你最近在写什么?哦,你知道的,那本伟大的美国小说。至少有几十年,我都没怎么看到有人说这个词了。也许我们已经放弃了对伟大的执着,或者多少是放弃了对美国伟大的执着。

单拎出某一本书将其奉为TGAN,甚或列出一串美国伟大书籍,以此来宣告文学上的伟大,我很早就开始抵制这种

---

[1] 即 The Great American Novel(那本伟大的美国小说)和 The Grapes of Wrath(约翰·斯坦贝克作品《愤怒的葡萄》)的首字母缩写。

做法了。部分原因是预设的优秀作品类别忽略了所有类型化写作，奖项、阅读书单及评选标准往往毫无疑问地偏爱美国东部男性作品，这在我眼中极为荒谬。但最重要的理由是，无论过去还是现在，我都认为在一部作品真正经久不衰之前，我们不可能知晓它是否能够经久不衰。这需要相当长的时间，至少得五六十年起步吧。

当然，一部能够反映当下的艺术作品，其在即时性和实际影响方面拥有卓越表现的确是一种杰出。这样一部小说在当下与你对话，就在此时此刻。它告诉你的东西，是你此刻想要知道的东西。它面向你所在的年龄段或社交群体，没有其他人能如此为你们代言。抑或它反映了当下的痛苦，或展示了此刻隧道尽头的光明。

我认为所有恒久流传的卓越书籍实际上都始于即时的卓越，无论这些作品在当时是否被注意到。它们独特的品质能够超越当下，携着即时性、影响力和意义与时俱进，非但不会因时间推移而削弱，反而历久弥新，触动与小说家的目标读者完全不同的时代和人群。

那本伟大的美国小说……《白鲸》？它出版时并未引起普遍关注，但在二十世纪被奉为经典，是毫无疑问的伟大美国小说。还有那些伟大的（经典的）美国小说家——霍桑、詹姆斯、吐温、福克纳……但有两本书始终被遗漏在这些名单之外,两部于我而言真诚、即时且不朽的杰出作品。如果你喜欢"伟大"这个词,可以将其称为伟大。毫无疑问,它们是纯正的美国作品。

我不准备谈论《汤姆叔叔的小屋》,虽然我喜爱并钦佩它,我想谈谈另一本书。

如果有人手持锋利小刀,在黑暗小巷中走到我面前,说:"说出那本伟大的美国小说,不然就去死!"我会气喘吁吁地尖声说:"《愤怒的葡萄》!"

一年以前,我还不会这么说。

我第一次读《愤怒的葡萄》是十五六岁时。对一个伯克利高中女孩而言(或者用"在她的雷达范围内"更合适,但在1945年,除非身在海军,否则我们对雷达了解不多),这本书完全超出了她的理解能力。我喜欢有乌龟的那一章,在书里很靠前的位置。结尾处罗莎夏和那个饥饿男人的场景,令我如此着迷、害怕又困惑,以至于无法忘却,也无法思考。

书中的一切都超出了我的经验范畴,我不认识这些人,他们的行事方式也与我认识的人截然不同。我压根儿就没想到,我在伯克利读高中时,其实一直与乔德家的孩子们一起上学。我毫无社会意识,只有身处中产阶级白人城市的中产阶级白人小孩才会如此。

我隐约意识到一些变化。二十世纪四十年代,造船厂和其他战时就业机会将许多人从南部和中西部的南方带到了伯克利。但我明显注意到的是,高中的餐厅被分隔开来——完全出于自发,白人孩子坐这边,黑人孩子坐那边,我并没有看到任何讨论或者通知。

好吧,情况就是这样了。比我大三岁的哥哥卡尔上伯克利高中时,学生会主席是个黑人孩子——一个伯克利孩子。那个小小的、人为的、和平的王国永远消失了,但我可以继续生活其中。在食堂里白人的那一边。

我和最好的朋友简·安斯沃思一起生活在其中。简的妈妈贝丝是约翰·斯坦贝克的姐姐。贝丝是有三个孩子的寡妇,在壳牌石油工作,并且把家里的房间租了出去。他们的房子在伯克利山上,比我家房子的位置还要高,沿着欧几里得大道一路往上,拥有俯瞰海湾的壮观视野。这个和平的王国。

稍微对约翰叔叔有所了解是我在东部上大学的时候,那时简在纽约工作,他也住在那里。他很疼爱漂亮的红发外甥女,纵然我并不知晓他是否真的意识到她在智力与心灵方面同他旗鼓相当。

有一次,在俄亥俄州克利夫兰的一场盛大婚礼上,我和他还有简一起掩在一丛茂盛灌木下喝香槟。我和简时不时就去寻觅一瓶新酒来。这是约翰叔叔的主意。

在那场婚礼上,我第一次听到了一个如今已成经典的梗,是被人非常严肃地说出来的。当时人们在谈论杰基·罗宾森[1],一个男人掷地有声地险恶说道:"要是这样下去,他们就要搬到隔壁来了。"

就是在那之后,我们躲到了灌木丛下喝香槟。"我们得远离无聊的人,平静饮酒。"约翰叔叔说。

或许,在他后来的人生中,这两件事他都做得有点过头。他热衷过奢靡的生活。他再也没有回到写《愤怒的葡萄》时那种节衣缩食的生活,可名利向他涌来,谁又会怪他呢?也许有一些他本可以写的书没有写,有一些他写就的书可以写得更好。

我敬佩他从不在斯坦福谄媚讨好,哪怕他不断回到斯坦福,让华莱士·斯泰格那[2]这样的人告诉他"那本伟大的美国小说"应该是什么样。他的写作水平远远高于他们任何人,

---

[1] 杰基·罗宾森(Jack Roosevelt Robinson,1919—1972),前美国职业棒球运动员、美国职棒大联盟史上第一位非裔美国球员。杰基·罗宾森踏上大联盟舞台,被公认为近代美国民权运动的重要事件。
[2] 华莱士·斯泰格那(Wallace Stegner,1909—1993),普利策奖、美国国家图书奖获奖者,曾任哈佛大学、斯坦福大学教授,开创了斯坦福大学创意写作项目。

但他们或许帮助过他学习技艺，或者至少向他展示了如何在举手投足间表现作家的自信，这是萨利纳斯的农场生活无法提供的，尽管后者提供了大量其他东西。

无论如何，1945年前后，我和简读高中时，我读了她那位大名鼎鼎的舅舅的大名鼎鼎的小说，感到敬畏、无聊、恐惧且难以理解。

而后六十年打马而过，我心想，嘿，我真的应该再读一些斯坦贝克的作品，看看是什么感觉了。于是我去了鲍威尔书店，买了本《愤怒的葡萄》。

快要读到尾声时，我停止了阅读。我无法继续。我对书的结尾记忆犹新。这一次，我代入了所有人，迷失在他们之中，我日日夜夜都同汤姆、母亲和罗莎夏一起生活，走过了伟大的征程，拥有满怀的希望、短暂的欢愉及无尽的苦痛。我爱他们，不忍去想即将发生的事。我不想读到最后。我合上书，逃开了。

第二天，我拿起书来读完了，全程泪如雨下。

我读书的时候不再那么爱哭了，只有读诗时，那种短暂的冲击，让人发丝轻颤，心脏鼓胀，泪盈于睫。我已记不起上一次因小说而心碎是在何时，就像音乐令我心碎，悲剧令我心碎一样，这本书令我心碎。

我并不是说能让你流泪的书就是伟大的书。如果真的如此，那这个标准堪称完美，可惜啊，它同时纳入了可以预见的感伤，即下意识的、触动心弦的刺激。例如，我们很多人在故事中读到动物死去时就会哭，这种行为本身有趣且意义重大，仿佛我们准许自己流出了比较次要的眼泪，但那又是另一回事了，而且没那么重要。一本书能像音乐或悲剧那样让我号啕大哭，流下深沉的泪水，这泪水源自我拥抱了这世上的悲伤，并将其化为自己的悲伤，那么这样一本书必定有伟大之处。

所以，如果有人问我什么书可以最大限度地告诉他们美国的好与坏，什么是最名副其实的美国书，什么是伟大的美国小说……一年前我会说是《哈克贝利·费恩历险记》（尽管有不少缺点），但现在，我会说是《愤怒的葡萄》（尽管也有不少缺点）。

我看过电影《愤怒的葡萄》，没错，那是一部好电影，忠于书中能够处理的元素，而且没错，亨利·方达的演技很棒。

但电影是你看的东西，小说则是用语言构建出来的。这部小说中美丽而有力的正是它的语言，语言的艺术不仅向我们展示了作者的所见所闻，还让我们尽可能直接地共享了他强烈的悲伤、愤怒与爱。

再谈TGAN

2013年11月

来自最新"书挡"专栏的问题"女性书写的那本伟大的美国小说在哪里"得到了巴基斯坦小说家莫欣·哈米德[1]的有趣回答。

> ……请多包涵,我主张终结"那本伟大的美国小说"。

问题在于这个词组本身。"伟大"和"小说"都足够好,但是"那本"是毫无必要的排他,而"美国"不幸只关注自身。每个词都用了大写,仿佛是在强调一种深刻且持久的不安全感,或许也是殖民遗产。称荷马的《伊利

---

[1] 引自莫欣·哈米德"书挡"专栏,发表于2013年10月15日的《纽约时报书评周刊》。——作者注

亚特》或鲁米的《玛斯纳维》为"那部伟大的东地中海诗歌"得多奇怪啊。

我非常喜欢这个观点。

但这个问题本身有些含糊其词和强迫性,让我想要冲进斗牛场,头低下,角向前[1]。我会用一个问题来回答它:"不论男女,任何人所写的那本伟大的美国小说在哪里?"我还会回答:"谁在乎呢?"

我认为哈米德先生就是这个意思,只不过表达得更为礼貌。他说艺术——

> 远远大于黑人或白人,男人或女人,美国人或非美国人。人类并不一定存在于(或对应于)齐整的种族、性别或国籍框架内,我们经常不假思索地将人们植入其中。要求文学来强化这样的结构是错误的。文学倾向于破坏。文学是我们解放自我的地方。

---

[1] 二十世纪二十年代,在一个有私人斗牛场的秘鲁大庄园,我的父母围观了训练中的斗牛士与母牛对抗。整场仪式都对外表演,唯独回避了对动物的伤害,并且没有以杀戮作为终结。这是最好的训练,他们告知我父母:在 las vacas bravas(西班牙语:勇敢的母牛)之后,公牛简单极了。愤怒的公牛冲向红色旗帜,愤怒的母牛则冲向斗牛士。——作者注

我要为此三呼阿门。

但我想补充这样一点：对我来说，"那本伟大的美国小说"，其基石并不在于"美国"，而在于"伟大"这个词。

以突出或独特的成就来凸显伟大，使伟大成了一个具备隐秘性别的词。在普遍用法和一般理解中，"一个伟大的美国人"意味着一个伟大的美国男人，"一个伟大的作家"意味着一个伟大的男作家。要想更改这个词的性别指向，它必须修饰一个女性名词（"一个伟大的美国女性""一个伟大的女作家"）。为了消除它的性别，就必须把它用在诸如"伟大的美国人/作家，包括男性与女性"这样的说法中。一般而言，在抽象意义上，"伟大"仍旧被认为是男性的领域。

那些着手书写伟大美国小说的作者必须将自己视为那个领域的自由公民，同其他活着的和已故的作家平等竞争一个光彩夺目的奖项、一项举世无双的荣耀。他的职业生涯是一场竞赛、一场战斗，目标是胜过其他男性（他不太可能把女性当成竞争对手）。将作家视为享有全部特权的男性，即战士，将文学视为一场锦标赛，将战胜他人视为伟大，唯有秉持这种观点，"那部伟大的美国小说"这一概念才能存在。

现如今，这对大多数年过十四岁的作家来说，都不大能承受得住。我敢打赌，对作者来说，"那部伟大的美国小说"

这一整个概念，并不像对读者、粉丝、公关人员、评论家、那些不读书但知道名作家名字的人，以及需要素材写博客的人来说那样稀松平常、意义非凡。

不过这可能会让某些女性指责我，她们重视竞争，认为女性的问题恰恰在于自认为不该竞争或不能竞争，但我还是会说一样的话。我从来没听过哪个女作家说她打算或想要写出那部伟大的美国小说，我这样说合情合理。

说实话，我从来没听过哪个女作家说出"那部伟大的美国小说"时不是嗤之以鼻的。

无论竞争具备怎样的优点，女性仍然深受社会规训，对于宣称自己的伟大超越男性慎之又慎。如你所知，吉姆，一个冒着被惩罚的风险，在男性自认理当属于他们的领域中竞争成功的女人。文学恰是诸多男性理所当然视为己有的领域。而弗吉尼亚·伍尔夫在这一领域成功进行了竞争。她勉强逃脱了首当其冲也是最有效的惩罚——死后被人从文学经典中删除。然而八九十年之后，势利和病弱的指责仍被用来败坏她的名誉、贬损她的人格。马塞尔·普鲁斯特的局限性和神经质至少同伍尔夫一样显著，但普鲁斯特不仅需要一个独立的房间，还得是软木贴面的房间，人们将此视为他是天才的证明，而伍尔夫听到鸟儿用希腊语歌唱则只能表明她是个病态的女人。

因此，只要男性需要"表达出的自我是真实自我的两倍大"，那么女性作家就知道，与他们公开竞争是危险的。哪怕她想写出那部，或者说一部伟大的美国小说，也不太可能广而告之（就像男性作家时不时就喊一嗓子那样），说自己计划写或已经动笔。如果她觉得自己理应获得普利策奖、布克奖或诺贝尔奖，抑或无论如何都不介意得个什么奖，那她很清楚大多数奖项对男性的偏爱有多深厚，以至于多数主流奖项所需要的社交努力、人脉网络和小心翼翼的自我展示，都是不太可能有所回报的巨大投入。

不过，风险规避并非全部原因。为领军人的地位、为文学权威而竞争，对男性而言充满迷人的可能性，对女性却远没有这样的吸引力。在女性的想象之中，空前绝后的伟大——成为一种伟大存在的念头，远不如在男性想象中那么具有主导力。名单中的骑士们必须相信奖品能够被赢取并值得被赢取。而那些被降级到预赛和场外的人，则能更为清楚地看到对冠军的评判是多么专横武断，并质疑那闪闪发光的奖品的价值。

说到底，谁才想要"那本伟大的美国小说"呢？公关人员。相信畅销书优于其他书（因为它们卖得更好）、获奖的书就是最好的书（因为它获奖了）的人。疲惫的老师、胆小的老师、懒惰的学生，他们希望只读一部作品，这样就不用去读浩如烟海的伟大而庞杂的书籍，虽然正是这些书籍构成了文学本身。

艺术不是赛马。文学不是奥运。让"那本伟大的美国小说"见鬼去吧。此刻我们已经拥有我们需要的所有伟大小说——而且此时此刻，某个男人或女人正在撰写一部新的小说，在阅读它之前，我们都不知道自己需要它。

作为道德难题的叙述天赋

2012年5月

叙述天赋？应该这样说吗？或者说是故事叙述者的技巧，在写作中发展成熟。

讲故事显然是一种天赋、一种才能、一种独特的能力。有些人就是不具备——他们仓促慌乱或喋喋不休，搞乱事件顺序，跳过必要元素，纠结于无关紧要的部分，然后错失高潮。我们可能都有这样的亲戚，我们祈祷他们千万别开始讲笑话或讲几段家族历史，因为历史会让人无聊，笑话又会砸锅。不过我们可能也有这样一个亲戚，能够抓住最愚蠢、最微不足道的小事件，把它讲成广告撰稿人所谓的撕心裂肺的高超惊悚片和包袱不断的喜剧。抑或如表弟凡尔纳[1]说的那

---

[1] 即儒勒·凡尔纳（1828—1905），法国小说家、剧作家、诗人，著有《海底两万里》《神秘岛》等。

样，表姐米拉显然知道如何讲一个故事。

当表姐米拉走向文学，你就得面对一个强大的对手。

但这一技能对于小说写作有多重要呢？要写出优秀作品，究竟需要多少，或者说需要哪种技能呢？叙述天赋与文学素质之间有什么关联呢？

我谈论的是故事，不是情节。E. M. 福斯特颇瞧不上故事。他说故事就是"王后死了，然后国王死了"，情节则是"王后死了，然后国王因悲伤而死"。对他来说，故事只是"这件事发生了，然后这件事发生了，接着这件事又发生了"，是一连串毫无关联的人和事；情节引入了关联或因果，因此才有模有样。情节让故事有了意义。我敬重 E. M. 福斯特，但我不认同这一套。孩子们常说"发生了这个，然后又发生了这个"，同样，人们也是这样天真地叙述他们的梦或电影的，但在文学中，福斯特意义上的故事是不存在的。即使是那种只为赚快钱的最愚蠢的动作小说，也不仅仅是一系列毫无关联的人与事。

我对故事评价很高。我视它为叙述的基本轨迹：一种连贯的、向前的运动变化，带领读者从此地到彼地。对我而言，情节是故事逐步发展的变化或复杂化。

故事往前发展。情节让这个发展过程变得错综复杂。

情节犹豫，暂停，反复（普鲁斯特），预测，跳跃，齐头并进的叙述轨迹翻两倍或三倍（狄更斯），在故事线上绘制几何结构（哈代），牵引故事的阿里阿德涅之线[1]穿越迷宫（神秘故事），最终将故事变成一张蜘蛛网、一支华尔兹、一部宏伟的交响乐（普遍意义上的小说）……

人们认为，所有小说只有那么多情节（三个、五个、十个）。我也不认同这个观点。情节形式繁多、创意多样，在关联、因果和复杂性上无穷无尽。但穿过所有情节上的曲折、转弯、误导和幻觉，故事的轨迹就在那里，一往无前。如果它不向前，小说就会失败。

我认为没有故事的情节是可能存在的——或许那种复杂到令人难以置信的烧脑间谍惊悚片就是其中之一，你需要GPS才能成功从故事里走出来。没有情节的故事则偶尔出现在文学小说中（或许伍尔夫的《墙上的斑点》就是），在非虚构文学中则更常见。比方说，一本传记不可能真的具备情节，除非你的记录对象通过生活为你贴心提供了情节。但是，伟大的传记作家能让你觉得，他们所讲述的生平故事同精心编织出的小说一样具有美学上的完整性。没那么厉害的

---

[1] 阿里阿德涅之线出自古希腊神话。雅典王子忒修斯依靠阿里阿德涅赠送的线团，成功走入迷宫杀死怪物并最终走出迷宫。

传记作家和回忆录作者往往会编造一个情节附加到真实故事上——他们不相信事实本身就能奏效，要把故事变得不可靠。

我相信一个好的故事，无论有没有情节，只要讲得对，本身就能令人满意。但在这里，"讲得对"就是我的难题，或者说是难解之谜。无能的写作，假设是真正的无能，会使好的叙事变得缺胳膊少腿。若作者有天赋，那一个可读性极强的故事也可以用最常规、最平庸的大白话来讲述。

去年冬天我读了一本书，故事讲得极为出色，从第一页开始就让人欲罢不能、手不释卷。这本书的写作水平顶多算是合格，只在某些对话中才能摆脱平庸（作者对当地工人阶级方言的敏锐无可挑剔）。好几个人物得到了生动或富有同情心的描绘，但全是刻板印象。情节中有很大的漏洞，虽然只有一个漏洞真正损害了故事可信度。故事线如下：在1964年的密西西比州杰克逊市，一个野心勃勃、二十岁出头的白人女孩说服了一群黑人女仆，将她们过去与现在在受雇于白人的经历讲给她听，这样她就可以把她们的故事编纂成书，卖给哈珀&罗出版公司，借此分享给全世界，然后去纽约，名利双收。她们做到了，她也做到了。除了几个傲慢刻薄的白人女性落了难堪，没人因此受苦。

阿基米德想要的只是一个坚实的立足点，来放置他打算撬动世界的杠杆。故事轨迹也是如此。如果你站在漆黑窅深的河流上方，脚踏一块摇摇欲坠的五厘米宽的木板，就不可能将铅球掷向远处。你需要一个坚实的立足点。

或者，你真的需要吗？

这位作者能立足的只有浮夸而感性的概念，但正是立足于这个概念，她投出了完美一球！

我很少看到纯粹的故事如此清晰地展现出头脑、情感和艺术操守的力量。

我不得不对此进行思考，因为几个月前，我读了一本书，这本书强有力地证明了叙述天赋能够造福于清晰思维、诚实情感和热情正直。它讲述了一个极为复杂的故事，跨越数十年，包罗众多人物，从与世隔绝的实验室中克隆细胞的遗传学家，到黑人农业社区中生活在棚户里的家庭。这个故事相当清楚地解释了科学概念及论据，同时不曾有哪怕一秒钟失去推进动力。它以极富人情味的同情心和稳定而鲜明的伦理焦点来处理故事中涉及的人。整篇行文充满毫不招摇的美德。如果你能忍住不读下去，那你就是比我更好的人，冈加丁[1]。

---

1 《冈加丁》是吉卜林于1890年创作的一首以英属印度为背景的诗。这首诗因其最后一行而被人们铭记："你是一个比我更好的人，冈加丁。"

即使读到注释我都停不下来,哪怕读到索引也不行。更多!继续!哦,请告诉我更多!

这两本可读性极强的书存在文学质量上的显著差异,这当然同角色的具体品质有关,其中包括耐心、诚实、对风险的承担。

白人女性凯瑟琳·斯托克特(Kathryn Stockett)是《相助》(The Help)一书的作者,她讲述了一个白人女孩说服一群黑人女性,向她透露作为仆人她们所遭遇的不公与艰难的私密细节,这在1964年的密西西比是令人极为难以置信的事。当白人雇主开始怀疑这种告发行为时,作者只用了一个同样令人难以置信的小伎俩就让黑人女仆们保住了工作。她们唯一的动机就是知道自己的故事会被刊登出来,而在那个地方、在那一年,如此做证会给她们带来致命风险。作者并没有严肃地想象这种风险,只是用它来制造悬念。白人女孩的动机是一种高尚的雄心壮志。她所有的风险都变为奖赏——她失去了恶毒的朋友和偏执的男友,为了前途光明的大城市职业而将密西西比抛在身后。作者对黑人女性的同情以及对她们日常生存的了解显而易见,但在我看来,她假设自己有权为这些人发声,实际上却并未获得这种权利,这就让人抱有疑虑。通过她的故事让不切实际之事圆满实现,则彻底扼杀了这个故事。

白人女性丽贝卡·斯克鲁特（Rebecca Skloot）是《亨利埃塔·拉克斯的不朽人生》（*The Immortal Life of Henrietta Lacks*）的作者，她花费数年时间研究一个极其复杂的网络，囊括科学研究、偷窃、发现、错误、欺骗、掩盖、剥削及赔偿，同时以令人难以置信的耐心与善意，努力赢得了亨利埃塔·拉克斯家人的信任，她的一生最为直接地影响了他们，也因此所有的研究与获利才由此开始。这些人有充分的理由相信，但凡他们信任任何白人，必将面临险境或遭到背叛。她真的花了好几年时间赢得他们的信任。显然，她愿意耐心倾听与学习，恪守诚实，对真正冒着风险的人与事怀有充满同情心的理解，由此向他们展示了她值得信任。

"她的故事当然更胜一筹，"葛擂硬[1]先生说，"那是非虚构——是事实。小说纯属一派胡言。"

但是，哦，葛擂硬先生，有那么多的非虚构都是糟糕透顶的胡言乱语！在我买下诺唐德的一座美妙老城堡，将其修缮为提供早餐的高级美食旅馆，同时为村里的孩子带来现代教育机会，并在此过程中找到快乐之前，我的妈妈对我有多

---

[1] 英国作家狄更斯小说《艰难时世》中的人物，是个功利主义的教育者。

坏、多刻薄啊。

与此相反，我们可以通过阅读小说学习大量真理，比如有你出现的那本小说就可以，葛擂硬先生。

不，问题不在这里。问题——我的问题——在于讲故事的天赋。

如果我谈论的这两本书，其中一本纯属娱乐但略有瑕疵，另一本则是由纯金打造的，那为什么任何一本都让我无法停下来呢？

不必非得如此

2011年6月

> 仙境的考验在于你无法想象一加二不等于三,但你可以轻松想象树木不结果实;你可以想象它们长出金色烛台,或是老虎用尾巴挂在树上。

这段话引自G.K.切斯特顿[1],出自伯纳德·曼佐(Bernard Manzo)于2011年6月10日发表在《泰晤士报文学副刊》上的一篇有趣文章(他没有确切表明这段话在切斯特顿著作中的出处)。这让我开始思考想象,从民间故事到奇幻小说,幻想文学是如何运作的,也让我很想搞清楚它同科学之间的关联,尽管在这篇文章的最后我才讨论到这个问题。

---
[1] G.K.切斯特顿(G. K. Chesterton,1874—1936),英国作家、文学评论家,常被誉为"悖论王子"。

奇幻故事可能会让物理定律失效（地毯会飞；猫会逐渐隐身，只留下一个微笑），违背概率（三兄弟中最小的那个总是赢得新娘；装在箱子里的婴儿被扔到水上，能够毫发无伤地存活），但它对现实的叛逆对抗不会再更进一步了。数学的秩序毫无争议。在科西切[1]的城堡和爱丽丝的奇境中（尤其是在奇境中），二加一等于三。欧几里得的几何学——或者可能是黎曼的几何学——总之是某个人的几何学会支配全局。否则这种分崩离析就会干扰并使叙述陷入瘫痪。

这就是儿童想象与奇幻文学的主要区别。孩子"讲故事"时游荡在想象与似懂非懂之间，不知道其中的差别，满足于语言的感觉和没有特定结局的纯粹幻想游戏，这就是它的魅力所在。但是，无论是民间故事还是成熟的文学作品，奇幻从某种意义上说是成年人的故事，要求有意义。它们可以忽视一些物理定律，但不能忽视因果关系。它们从此处出发，到彼处去（或回到此处），通过旅行这一模式（可能是非同寻常的旅行），此处和彼处可能是极为奇异且陌生的地方，但必须得在那个世界的地图上有个位置，并且与我们所在界的地图有所关联。如果没有，故事的听众或读者就会在无关紧要的矛盾之海中漂流，甚或更糟，在作者一厢情愿创造

---

[1] 不死者科西切是斯拉夫民间传说中的角色。

出的浅水坑里溺毙。

不必非得如此。这就是奇幻文学要表达的。它并不是要表达"任何事都能发生"——这是不负责任的,当二加一等于五,等于四十七,或等于任何东西时,故事就会如我们所言,并不能成立[1]。奇幻文学并没有讲述"子虚乌有",这是虚无主义。它也没有说"事情理应如此",这是空想乌托邦,又是另一种类型了。奇幻文学无法让生活更好。虽然大团圆结局让读者愉快,但圆满也只属于角色;这是小说,不是预言,也不是处方。

不必非得如此是一种玩笑的声明,出现在小说语境中,不声称"真实"。然而,它是一种颠覆性的声明。

颠覆并不适合那些觉得自己成功适应了生活,希望一切照此继续下去的人,和那些必须从权威那里得到支持,确保一切只能如此的人。奇幻文学不仅仅是问"如果事情没有一如往常会怎样",还演示了事物脱离常规可能是什么样子,从而侵蚀了事情必须如此这一信念的根基。

所以,想象力在这里同原教旨主义发生了冲突。

在诸多方面,一个完全被创造出来的幻想世界同宗教或其他宇宙观在精神构建上极为相似。这种相似性一旦被注意

---

1 原文为"add up",指数字相加。

到，就会让正统思维产生深深的困扰。

当基本的信念受到威胁时，其反应很可能是愤怒或轻蔑——不是"可恶！"就是"胡说！"。奇幻文学从宗教原教旨主义那里得到的就是"可恶"，面对质疑时，他们僵硬的现实建构会剧烈震动；而从实用主义原教旨主义那里得到的则是"胡说"，他们想将现实限制为可立即感知并即时获益的。所有的原教旨主义都对想象力的使用设定了严格限制，超出这些限制，原教旨主义者自己的想象力就会失控，幻想出可怖的沙漠，在那里，上帝、理性和资本主义的生活方式统统丧失，幻想出夜晚的森林，一只只老虎用尾巴倒挂在树上，以明亮的双眸照亮通往疯狂的道路。

而不屑于奇幻文学的人，通常反应没那么激烈，立场也不那么绝对，他们往往称奇幻文学为梦幻或空想。

梦境与奇幻文学只在深层次上有所关联，那是一般情况下根本不可能触达的思维层面。梦境摆脱了理智的掌控，它的叙事毫无逻辑且不稳定，它的美学价值多半得于偶然。而奇幻文学，一如所有的语言艺术，必须同时具备理智和审美能力。尽管这么说来有点奇怪，但奇幻文学是一项理性十足的事业。

至于逃避现实的指责，"逃避"是什么意思呢？逃离现实生活、责任、秩序、义务、虔诚，责难通常指向这些方面。可是，除了最不负责任的犯罪与最可怜的无能，没人会逃往监狱。逃离的方向是朝着自由的。那么"逃避现实"又是对什么的指控呢？

"事物为何如此？它们必须如此吗？如果不是现在这样，又可能会是什么样子呢？"提出这些问题就是承认现实的偶然性，或者至少是允许我们对现实的感知是不完整的，我们对它的解释是武断或错误的。

我知道对于哲学家而言，我现在说的话幼稚天真，但我的思想不能也不会遵循哲学论证，所以我必须保持天真。事物非得是现在这样/此时此刻这样/他人告诉我的这样吗？对没有接受过哲学训练的普通头脑来说，这个问题可能非常重要。打开一扇始终紧闭的门是重要举动。

现状的拥护者与卫道士，无论是政治、社会、经济、宗教还是文学上的，都可能诋毁、鄙视或将幻想文学妖魔化，因为比起其他任何类型的写作，幻想文学生来就具备颠覆性。那么多个世纪以来，它早已被证明是反抗压迫的有效工具。

然而，正如切斯特顿所指出的，幻想没有走向虚无主义的暴力，不会摧毁所有法律、焚烧所有船只。（和托尔金一样，切斯特顿是位富有想象力的作家,也是躬身实践的天主教徒,因此可能对这些对立和界限尤为敏感。)二加一等于三。两个兄弟追求失败,第三个人获胜。行动得来反馈。无论是在中土世界,还是在克洛尼或南达科他州,命运、运气、必然性都同样令人难以招架。奇幻故事开始于此地,结束在彼地(或回到此地),是叙述艺术巧妙且不可推卸的义务与责任引领它如此。在基本规则上,事物必须如此。但在此之外,并不存在"必须如此"。

在奇幻文学中真的没什么好怕的,除非你害怕隶属不确定性的自由。这就是为什么我很难想象有人喜欢科学却无法喜欢奇幻。两者都深深基于对不确定性的承认,热烈欢迎未被解答的疑题。当然,科学家致力于探问事物是如何成为现在这样的,而非想象它们可能会是其他样子。但这两种操作是对立的吗,还是有所关联呢?我们无法直接质疑现实,只能通过质疑我们的习俗、信仰、正统及现实构造来质疑现实。伽利略所说的,达尔文所说的,不过一句,"一切不是非得按照我们原以为的那样运行"。

乌托邦阴，乌托邦阳

2015年4月

以下文字是关于乌托邦和反乌托邦的一些思考。

古老而粗糙的好地方都是补偿性的幻想，是能够控制你不能控制的东西，拥有此时此地你无法拥有的东西——一个和平有序的天堂；一个时光的乐园；天上掉下来的馅饼。通往这些地方的道路很清晰，但很极端。你得去死。

托马斯·莫尔[1]的乌托邦是世俗的，由知识分子构建，仍旧是在表达对此时此地缺少之物的渴望——是理智之人对人生的控制——但他的"好地方"明确无误是"不存在之地"。只存在于头脑中，没有建筑工地的蓝图。

自此以后，乌托邦一直位于此世而非来世，但要跳出地

---

[1] 托马斯·莫尔（Thomas More，1478—1535），欧洲早期空想社会主义学说的创始人，以《乌托邦》名垂史册。

图之外，越过大洋，翻过山脉，在未来，在另一颗星球上，一个宜居却无法抵达的别处。

自打有了乌托邦以来，每一个乌托邦，无论清晰或晦涩、确然或可能，在作者或读者的判断中，都既是个好地方，又是个坏地方。每一个完美乌托邦都包含一个反乌托邦，每一个反乌托邦都包含一个完美乌托邦。

在阴阳符号中，每一半都包含了另一半的一部分，表明两者完全相互依赖并不断相互转化。图形是静态的，但每一半都蕴含着转化的种子。这个符号代表的不是停滞，而是过程。

把乌托邦想象成这个历史悠久的中国符号或许有所帮助，特别是你如果愿意放弃通常的男性主义假设——阳优于阴，转而考虑两者的相互依赖与相互转化才是这一符号的基本特征。

阳是男性的，明亮的，干燥的，坚硬的，活跃的，犀利的。阴是女性的，阴暗的，湿润的，简单的，接纳的，克制的。阳是控制，阴是接受。它们是伟大而同等的力量，没有哪一方可以单独存在，每一方都始终处在向另一方转变的过程中。

乌托邦和反乌托邦往往都是一块被荒野环绕的飞地，受到最大限度的把控,一如巴特勒的《乌有之乡》(*Erewhon*),E. M.福斯特的《大机器停止》以及叶甫盖尼·扎米亚京的《我们》中所写。乌托邦的优秀公民认为荒野危机四伏、充满敌意,无法居住;而对爱冒险或叛逆的反乌托邦而言,荒野则代表着改变和自由。我在这里看到了阴阳相互转化的范例:黑暗神秘的荒野包围明亮安全的处所,"坏地方"随后又成为"好地方",明朗开放的未来包围黑暗封闭的监狱……反之亦然。

在过去的半个世纪里,这种模式恐怕已经被重复到了极致,主题的变奏越来越模式化,或者干脆随心所欲。

打破这种模式的醒目例外是赫胥黎的《美丽新世界》,这是真正的反乌托邦,在这个故事里,荒野被缩成一块飞地,被高度集权的阳世界完全掌控,以致它所提供的任何自由或变革的希望都是梦幻泡影。还有奥威尔的《1984》,一部纯粹的反乌托邦作品,故事中阴元素被阳元素彻底抹除,只出现在受控制人群的逆来顺受之中,成为对荒野与自由被操纵的妄想。

统治者阳总是妄图否认它对阴的依赖。赫胥黎和奥威尔毫不妥协地呈现了成功否认的后果。通过对心理和政治的控制,这些反乌托邦达到了某种非动态的静止,不容许任何变化。平衡不可动摇：一面朝上；另一面朝下。一切永远是阳。

阴的反乌托邦在哪里？它有没有可能存在于劫后余生的故事和恐怖小说中，里面是成群结队蹒跚而行的僵尸，还有越来越流行的对社会瓦解、彻底失控，陷入混乱与动荡的幻想？

阳只把阴理解为消极的、劣等的、有害的，阳总是掌握着最终话语权。但根本就没有什么最终话语权。

眼下，我们似乎只会写反乌托邦。也许为了写出乌托邦，我们需要以阴的方式思考。我在《总是归家》(*Always Coming Home*)中试图写出一个。我成功了吗？

阴乌托邦是不是一种矛盾的措辞？毕竟所有我们熟悉的乌托邦都依赖于控制使之运转，而阴却不控制。不过，它仍是一种巨大的力量。它又如何运作呢？

我只能加以猜测。我的猜测是，我们终于开始思考如何将人类统治与无限扩张的目标，转变为人类的适应性与长期生存，这类思考是从阳向阴的转变，因此包含了接受无常与不完美，耐心对待无把握之事与权宜之计，以及与水、黑暗和大地建立情谊。

插曲

帕德日志

麻烦

2013年1月

我从来没养过会直接挑战我的猫。我并不期待猫能多顺从我。与猫的关系和狗不同,后者基于地位和等级序列,但猫毫无愧意,从不羞耻。我料到猫会偷吃遗留在台面上的食物,并且完全清楚一旦被抓就会挨打。但贪婪可能还有偷窃的快乐,超越了那一丝恐惧。我这个愚蠢的人类将食物遗留在了台面上。我料到一只因为跳上餐桌而被训斥或拍打的猫会再次跳上餐桌,在上面踩满小脚印,因为我若不在屋里,他没理由不那么做。等之后东窗事发,小脚印的证据已然过了诉讼时效。猫犯了错,就得当场反击,这样才能让猫理解。猫和我都对此一清二楚,这就是为什么我不在屋里时,料定他会做错事,而我在场时,就不会预判他将行差踏错。

在我的眼皮子底下做错事会让我们关系紧张。这样需要训斥、拍打、叫嚷、逃跑、追逐、骚乱。这是一种挑战，是故意找麻烦。这就是帕德与陪伴过我的形形色色的猫咪的不同之处。那些猫都很像我——希望避免麻烦。

但帕德渴望制造麻烦。

他并不是一只麻烦的猫。他的个人卫生无可挑剔。他很温柔。他从不偷食物。（诚然，这仅仅是因为除了颗粒状的猫粮，任何东西在他眼里都不算食物。在他饥肠辘辘地等待那四分之一杯的晚餐猫粮时，我可以把猪排放在台面上，他甚至都不会起身去闻一闻。我可以在他的猫粮上放一片培根，他会吃掉猫粮留下培根。我可以把一片鳕鱼放在他身上，他会不屑一顾地甩下来，径自走开。）

他挑战我的方式就是做被禁止之事。但我觉得，禁止他做的事真没那么多，除了跳到壁炉架上，打翻卡奇纳印第安木偶。

我们不允许他上餐桌，但除了留下脚印，餐桌上也没什么事可做。即便对帕德来说，跳上壁炉架也是一次货真价实的大跳跃，那是家里唯一没有被保护起来的陈列处，用来摆放一些小饰物；其他所有物品都已经找到了避难所，即使会飞的猫也无法触及。因此跳上壁炉架就成了他的目标、他的挑战。

但只有我在房间里时才这样。

他可以在客厅里待上一整天,在我进来前,他压根儿都不会看壁炉架一眼。等我俩一起在客厅里待了一段时间后,帕德开始瞟壁炉架。他的眼睛变得越来越圆,越来越黑。他在壁炉附近的椅子扶手上(允许)或边桌上(允许)走来走去。他用后腿站立,兴致盎然地去嗅灯罩或者挡火隔板的顶部,总要稍微往壁炉架那边靠一靠。直到某一刻,通常是我没有看但也不是完全没看他的时候,他就腾空而起,跳上壁炉架,打翻某样东西。随之而来的就是训斥、叫嚷、逃跑、追逐等——麻烦!任务完成。

最近随之而来的元素又多了一个:喷瓶。他只要一看壁炉架,我就拿起喷瓶。最初几次,当他蓄势待发,正要跳上壁炉架时,我喷了他,他结结实实吓了一跳。他甚至无法将喷雾和瓶子联系起来。但他现在知道了。然而这只是给麻烦增添了新的风味,新的调料。喷瓶并不能阻止他跳上壁炉架。

几天前我放弃了,把所有的卡奇纳小人偶移到了安全区域,只留下两个大人偶和一些夺目的石头。但今天早上,当我转过身去做下犬式时,帕德跳上壁炉架,碰掉了一块西藏绿松石,绿松石砸落在壁炉前的地板上,磕掉了一小块。

纵然我从来就没办法足够靠近他去打他,但接踵而至的麻烦也相当激烈。他知道我生气了。从那以后他都跟我极其友好,而且喜欢以一种楚楚可怜的方式摔倒并挥舞爪子。他会一直这样,直到我们今晚都在客厅,他又冒出了制造麻烦的念头。

这只小猫咪完全由人类的期待塑造,是我养过的最温驯的猫,却燃烧着十足而任性的野性之火。

我确信部分理由是无聊———一只青年猫与老年人,一只室内猫……但帕德不是非得成为室内猫的。这是他的选择。

应他的要求,或者说应我们的建议,整个白天,猫洞都为他敞开。有时他会去露台,俯瞰花园,观察几分钟鸟,再回到屋里。他可能出去后立刻掉头回屋,他也可能会说,哦,不,谢谢,外面很大,这个季节太冷了,所以我会在猫洞这儿站上一会儿,一半身子在外,一半在内,然后就回屋。他绝不会做的事就是逗留室外。当天气转暖,我们也在外面的时候,他会出来,但并不积极。他会到户外来,趴下,吃一些会让他呕吐的草,然后回到屋里,吐到小地毯上。这并不是在制造麻烦,而是猫的天性。

这个故事无关道德,也没有结论。祝我顺利使用喷瓶。

帕德与时光机

2014年5月

认为我是科幻作家的人,若是得知我的书房里有台"时光机",可能不会感到惊讶。到目前为止,它还没有把我传送到艾洛伊人和莫洛克人[1]之中,或者让我回到恐龙时代。我无所谓。拥有现有的时间就可以了,谢谢。我的"时光机"唯一能做的就是保存我电脑上的东西,并为我的猫提供乐趣与消遣。

帕德和我们在一起的第一年,花了很多时间在甲虫上,因为家里有很多。如今榛叶槭甲虫在波特兰肆虐,我们这里没有榛叶槭,因此这种甲虫将自己的忠诚转移到了在此地大量栽培的大叶枫树上。所以我们就有了甲虫。它们栖息在房子的壁板下,繁衍后代,成群结队,匍匐前行,钻过窗框上

---

1 艾洛伊人和莫洛克人是赫伯特·乔治·威尔斯小说《时间机器》中的人类族群。

根本不存在的缝隙进到室内,在阳光照耀的窗户上聚集,怒气冲冲到处乱闯,钻到枕头、纸张和脚底下,钻进所有东西里,包括茶杯和查尔斯的耳朵。多数时候它们都缓慢爬行,但受到惊吓时会飞起来。它们是很漂亮的甲虫,无害,但就是让人难以容忍,因为数量太多了(一如我们自己),对它们自己也没什么好处。

帕德曾把它们视为活生生的猫粮,享受追逐、突袭、咀嚼。但显然它们没有 Meow Mix 猫粮或 Greenies 牌洁牙棒那么好吃,而且,不管怎么说,吃了这么多甲虫也该适可而止了。现在他像我们一样坚定不移地无视它们,或者尝试无视。

但那个时候,当"时光机"咔嗒咔嗒飞速运转,发出昆虫般微弱的内部噪声时,他确信里面装着或藏着甲虫,并花了大量时间试图钻进去。机器的长、宽都是二十厘米,高四厘米,由白色塑料制成,幸好是非常坚固的白色塑料,整体密封良好,就它的大小而言真的相当有分量。帕德费尽周折也只是划伤了表面。由于机器持续对抗他,帕德对甲虫的热情也逐渐冷却了,不再试图打开"时光机"。他发现这台机器提供了其他可能。

它的正常温度就很高,摸起来很烫手(而且我觉得,当它执行隐秘且神秘的连接运算,将数据保存在假定的虚拟环境、无人知晓的云端,抑或其他任何地方时,就会变得更烫)。

我的书房一半都是窗,通风良好,冬天有时特别冷。随着帕德脱离飞来飞去的青年期,他开始花更多时间待在书房里,躺在我身边。作为一只猫,他找到了那个温暖的地方。

此刻他就在那里,今天是4月的最后一天,我的温度计却显示25摄氏度,并且还在持续升温。他正酣睡。大约有五分之一的身体躺在时光机顶端。而其他部位,比如爪子之类的,溢到了桌面上,部分搭在我柔软可爱的羊驼毛莫比乌斯围巾上,这是一位善良读者寄给我的,还附上了颇有预见性的留言——"如果你不需要这个,我希望你的猫会喜欢";还有一部分身体在我来自西南部的羊毛神像熊小垫子上,是个朋友给我的。我从来没机会戴那条围巾。我在书桌上打开包裹,帕德过来,一言不发抢占了围巾。他把围巾拖到离我十几厘米远的地方,躺在上面,开始揉它,表情梦幻,轻轻地咕噜,直至陷入梦乡。那是他的围巾了。垫子是后来的,立刻被接收:他坐了上去。猫坐在垫子上。他的垫子。无可争议。所以垫子和围巾就搁在书桌上,挨着温暖的"时光机",这只猫每天把自己分布在这三样东西上,咕噜咕噜,然后睡着。

他可能发现了"时光机"的另一个用途,纯粹是我的推测。这涉及物质形态的消失。

帕德不常出去，也不会在外逗留太久，除非我们当中有人陪着他。他无法在外面睡觉，很难躺下或放松些许；他保持警觉，处处提防，提心吊胆。他很好地掌控了室内以及和他共享室内的人，但他清楚，室外远远超出他的认知或控制。他在那里无法放松。聪明的小猫。因此当他偶尔消失不见，我不太担心他会莫名其妙从后门出去，结果发现猫洞被锁上；他肯定还在房子里的某个地方。

但有时候，会一直看不到他，哪里都没有帕德的身影，屋里屋外都没有。他不在地下室，不在漆黑的阁楼，不在壁橱或柜子里，也不在床罩下面。他就是不在。他消失了。

我开始焦虑，用食物呼叫，咔嗒—咔嗒—咔嗒！以诱人的方式快速敲击Greenies牌罐头，通常这种声音会让他爪不沾地，直接上下楼梯。

无声。缺席。没有猫。

我告诉自己停止焦躁，查尔斯也告诉我停止焦躁，我努力或假装停止焦躁，然后继续我的行动，焦躁。

难以理解的感觉反反复复，压抑窒息。

然后，他出现了。他就在我眼前重新有了物质形态。他就在那里，尾巴弯曲压在背上，一副温和友好的表情，表明他随时准备吃东西。

帕德，你去哪儿了？

无声。亲切的态度。未解之谜。

我认为他利用了时光机。我认为机器把他带去了其他地方。不是赛博空间，那不是猫的地方。也许他用它打开了时间的裂隙，就像那些桦叶槭甲虫借不可能存在的窗框空隙进入室内一样。通过这种只有芭丝苔特[1]和礼兽知晓的秘密路径，在狮子座星星的光亮指引下，他访问那神秘的王国，那片辽阔的土地，在那里他安全无虞，宾至如归。

---

1 芭丝苔特，古埃及女神，太阳神的女儿和复仇代理人，常被描绘成母狮或猫。

第三部分

努力理解

一群兄弟，一串姐妹

2010年11月

我已经逐渐认识到，男性集体的团结作为人类事务中极为强大的力量，或许比二十世纪末女性主义所认为的更加强大。

鉴于两性在生理和激素方面的差异，男性和女性在大多数方面竟然如此相似，这真的很惊人。但总体而言，女性直接竞争的意愿和占据支配地位的欲望要更弱。因此，矛盾的是，在等级森严、具有排他性的团体中，她们彼此间的联结需求也就更小，真相似乎就是这样。

男性团体的固结之力必然源于男性竞争所带来的掌控感与引导力，来自对由激素驱动的主导欲的压抑和重视，这种主导欲往往会主导男性本身。这是一种显著的逆转。个人竞争与好胜心所产生的破坏性的无序能量，转化为对团队和领导的忠诚，或多或少流向了具有建设性的社会事业。

这样的团体是封闭的，认定"他者"为外人。他们首先排除女性，然后是不同年龄、种族、阶级、国籍及不同成就水平的男性，这种排外强化了排异者的团结与力量。一旦感知到任何威胁，"兄弟连"就会团结起来，组成一道密不透风的屏障。

在我看来，男性的团结是绝大多数庞大古代社会机构的主要塑造者——政府、军队、神职机构、大学，以及可能正在吞并其他所有机构的新机构，还有公司。这些等级分明、秩序井然、连贯而持久的机构的存在与主宰源远流长，几乎遍及全世界，以至于多数时候它们仅仅被称为"事情本就如此""这就是世界""劳动分工""历史""上帝的意愿"，等等。

至于女性的团结，我认为，如果没有这种团结，人类社会也就不会存在。但男性、历史和上帝就是看不到。

或许把女性的团结称为流动会更好——一条小溪或河流，而非一种结构。我唯一能够确定有它参与塑造的机构就是部落和某种不规则的存在，即家庭。在由男性安排的社会中，只要是准许女性按照自身意愿组织起来的地方，往往都是随意散漫、不成体系、不分层级的，更偏向临时而非固定，灵活而非僵化，更有协作力而非竞争性。它主要在私人领域而非公共领域运作,这是由男性控制社会决定的,是男性定义和区分"公共"与"私人"的结果。很难知道女性群体是否永远不会聚合成大中心,因为男性机构针对此类聚合持续施加高压,从而预防了这一切。不过,可能压根儿就不会出现这种聚合。女性团结的力量来自互助的愿望与需求,往往也来自对摆脱压迫的追求,而非源自在追求权力的过程中对攻击性的高度控制。飘忽不定是流动的本质。

因此,当他们认为女性的相互依赖威胁到了女性对男性的依赖,威胁到了分配给她们的生育、抚养、服务家庭、服务男性的角色时,宣布女性的相互依赖根本不存在简直易如反掌。女性没有忠诚,不懂得什么是友情,诸如此类。否认是恐惧手中的有效武器。女性独立和互依的概念,遭到了自认为从男性统治中受益的男性和女性的嘲弄与仇恨。厌女绝不限于男性。生活在"一个男人的世界",大量女性不信任自己,恐惧自己,就像男人一样或更甚。

二十世纪七十年代的女性主义运动就是利用了这种恐惧来赞颂女性的独立与互相依赖,这就是在玩火自焚。我们高喊"姐妹情谊就是力量!"——他们相信了我们。在大多数女性主义者还没找到火柴时,两性中惊慌失措的厌女者就在哀号房子要被烧毁了。

姐妹情谊的本质与兄弟情谊的力量截然不同，很难预测它能如何改变社会。无论如何，它有可能缔造出何种图景，我们对此也只能略窥一二。

在过去的两个世纪里，女性已经越来越多地渗透进历史悠久的大型男性机构，这是巨大的变化。但当女性设法挤进这些曾排斥她们的机构时，大多数人最终都被这些机构同化了，服务于男性目标，实现男性价值。

这就是我为何反对女性在军中作战，也是我目睹女性在"大型"大学、公司甚至政府中崛起时为何忧心忡忡。

在男性机构中，女性能够作为女性去工作，而不是成为男性的赝品吗？

如果可以，她们能彻底改变这个机构，以至于男性可能会将其贬低为二流，降低工资，并放弃这个机构吗？在某些领域，这种情况已经在一定程度上出现了，例如教育和医疗实践越来越多地由女性来处理。但这些领域的管理权，对目标的掌控和定义，仍旧归属于男性。这个问题始终悬而未决。

当我回顾二十世纪末的女性主义运动，我将其视为女性团结的典例——大家都是印第安人，没有酋长。那是一种尝试，试图创建一个不分等级、包容、灵活、协作、无组织、特殊化的群体，更为平衡地将两性团结在一起。

我认为，想为达成这一目标而努力的女性，需要承认并尊重她们自身那种难以捉摸、千金难换、坚不可摧的团结——就像男性一样。她们既要承认男性团结的巨大价值，也要承认性别团结相较于人类团结的劣势——就像男性一样。

在我看来，无论在何处，只要女性以自己的方式同其他女性和男性一起工作，只要女性和男性继续质疑男性对价值的定义，始终拒绝性别排他性，肯定相互依赖，怀疑侵略性，追求自由，女性主义就会继续并一直存在下去。

驱魔师

2010年11月

今明两天，美国的罗马天主教主教们要在巴尔的摩举行一次有关驱魔的会议。多位主教和六十名神父正在那里学习恶魔附身的症状——如果你展现出非同寻常的力量，用你根本就不会的语言说话，或对任何神圣之物做出暴力反应，可能就是被附身了。他们还学习驱魔仪式，包括向你洒圣水，把手按在你身上，诵经，祈祷，往你脸上吹气。

教会在1999年更新了仪式，建议"必须尽一切可能避免人们认为驱魔是魔法或迷信"。这就好像在发布汽车驾驶指南时警告，必须尽一切可能避免人们认为移动的车辆是被操控的。

我会建议举重运动员和正在学外语的人本周末避开巴尔的摩。我不知道如何建议那些对任何神圣事物都会做出暴力反应的人。我认不出这些人,因为我不知道什么样的暴力反应才作数,而且什么是神圣的完全取决于个人对神圣的认知。当我看到一对苍鹰在风中起舞,或者当我听到《第九交响曲》最后一个乐章,主旋律的第一个音符响起时,在这样的时刻,若我被说不清道不明的强烈情感所震撼,那我是不是被恶魔附身了呢?我不知道,但我会远离巴尔的摩。

我认为应当快马加鞭到那儿去的人是美国最高法院的四名男性天主教徒法官,他们都是教皇拉辛格政策的拥护者,也是极端反动的天主教组织"主业会"的成员。驱魔课必定能极大丰富他们的知识储备。最高法院的第五位罗马天主教徒是名女性,因此被排除在外,不能参与履行"上帝的工作"。

制服

2011年2月

在我十一岁那年,美国同德国和日本开战。我还记得的一件事是一夜之间(在我看来就是这样),伯克利街头满是制服。整个战争期间,市区里穿便服的男子少之又少。然而,这些制服并没有给城市带来整齐划一的感觉。如果真要说带来了什么,反倒是改善了大萧条末期那种枯燥暗淡、千篇一律的着装风格。

陆军和陆军航空兵穿卡其布制服,是深浅不一的棕色、浅绿色和黄褐色:帅气的夹克、皱巴巴的裤子、锃亮的黑鞋,整齐美观。但始终无法同海军制服相匹敌,夏天,海军们身穿白色紧身上衣、白色裤子,头戴圆圆的小白帽,冬天则穿有水手领的蓝色羊毛上衣,裤子的前裆开口有十三个扣,口袋盖是方形的,我可没跟你开玩笑。套在那种制服里,圆滚滚的可爱小屁股看起来棒极了。周身雪白或海军蓝,有金色扣子、金色饰带的军官们则又是另一种风格,锋利如钉。就我所知,在伯克利周边并没有海军陆战队基地,我们也很少在周围看到海军陆战队员,但是在新闻短片里,他们看上去很有派头。

我哥哥克利夫的船在旧金山港正式服役,我们去参加了典礼:一场精彩的演出,庄重、传统,被华丽的制服修饰。甲板上一字排开的男子们光彩夺目,在阳光下一片蓝色、白色和金色。哪个男孩子不想拥有那副派头,被所有人行注目礼呢?

十八世纪,制服真正被创造出来,自此以后,大家都知道制服是征兵的强力助手。

但对于女性在"二战"中所穿的制服,我不能给出同样的评价。这些制服自然是模仿了男性的款式,把裤子换成了裙子,但设计相当差劲,那种紧绷而简洁的样子在女性身上显得束缚而僵硬,哪怕是由于布料的严格配给,这些制服也显得过于短小、拘谨且尴尬不便了。我是绝对不会为了这样的制服而加入WAVES(海军志愿紧急服役妇女队)或WAC(陆军妇女队)的,除非无视这身制服。幸运的是,对于WAVES、WAC和我来说,战争结束时,我才十五岁。

在接下来的几场美国战争期间，整个制服的概念都从合身好看进化为某种极具攻击性的样子，实用、不正式，也可以说是草率凌乱，抑或懒散邋遢。到如今，我们看到的士兵大部分都穿着不成形的宽松裤子，上面仿佛布满了泥点子。

这种制服在丛林或沙漠中可能有用且舒适。但是，当男人们从里诺飞往辛辛那提，或穿着战斗靴走在第五大道上时，他们需要伪装吗？我猜士兵们仍然有礼服制服——我知道海军陆战队是有的，同其他部队相比，他们似乎更常穿礼服，或许是因为他们在华盛顿特区有太多合影机会——但我想不起上一次在街上看到一名干净利落的陆军列兵是什么时候了。

我知道，对许多男孩和男人而言，迷彩服已经取代了曾由帅气制服带来的魅力。虽然在我看来很怪异，但在他们看来却很男人、很精神。所以我猜制服仍旧能帮助征兵，吸引那些想要穿上它、看起来像那样、成为那种士兵的男孩。我毫不怀疑年轻男人会满怀自豪地穿上制服。

但我真的很惊叹这种宽松迷彩服对大多数公民的影响。我发觉，让我们的士兵穿上这种适合监狱或疯人院的衣服，不是通过好看、利落来区分他们，而是让他们看起来活像廉价马戏团里的小丑，这不仅是人格侮辱，更让人恐慌。

制服风格翻天覆地的变化，可能是我们战争风格变化的冰山一角，随之变化的还有对服兵役的态度。它可能反映出对战争不同以往的现实看法，是对美化战争的拒绝。如果我们不再将战争视为一种天然高贵且崇高的事物，我们便不再对战士顶礼膜拜。如此一来，帅气的制服不过是一种展览，是掩盖战争中无谓暴行的假面。所以"军装"完全可以是实用主义的，无须考虑穿着者的外表或自尊。无论如何，现在大部分战争并非军队间作战，而是机器杀害平民，那么军装又有什么意义呢？在遭到轰炸的村庄废墟中，死去的孩子难道不是和任何死去的士兵一样，是为国家而死的吗？

但是，我无法相信军队是为了鼓励我们认清战争的丑陋才让制服变丑的。也许现在的军装所反映的，是他们并未意识到也永远不会承认的一种态度，这种改变不在于战争的本质，而在于我们国家对战争的态度——既不是美化，也不是务实，只是漠不关心。我们几乎不怎么关注战争或正浴血奋战的人。

无论对错，二十世纪四十年代，我们敬重军人。我们和他们并肩作战。他们大多数人都是被征召入伍的，有些人极不情愿，但他们是我们的士兵，我们为他们骄傲。无论对错，自二十世纪五十年代起，特别是七十年代以来，我们开始把任何正在进行的战争，连同那些正在作战的男人与女人推出视线、抛于脑后。如今他们都是自愿兵。然而（或者说因此？），我们抛弃了他们。我们给予他们形式上的赞美，称他们为勇敢的保卫者，送他们去我们正在作战的任何国家，一次又一次地把他们送回去，却对他们置之不理。他们不是我们。他们不是我们真正想看到的人。就像监狱里的人，疯人院里的人，就像那些不好笑的小丑，来自我们根本不会去看的三流马戏团。

那么，我们要不要谈谈我们付出了多少，我们是如何让未来破产，只为了维持那个马戏团的？

不。那不是我们会谈论的事。不在国会，不在白宫，也不在任何地方。

紧紧抓住一种隐喻

2011年9月

> 除非人民从中受益，否则经济增长就是对富人的补贴。
>
> ——理查德·福尔克[1]《后穆巴拉克革命的机遇》
>
> 半岛电视台，2011年2月22日

对我来说，写关于经济的文章，就好像大多数经济学家写五步抑扬格在跨行中的使用一样荒谬。但他们又不生活在图书馆，我却确实生活在经济体中。只要他们愿意，生活中可以完全没有诗歌，但无论我是否愿意，生活都要受他们的课题的影响。

所以我想问，经济学家们如何能够持之以恒地将增长说

---
1 普林斯顿大学国际法学名誉教授。

成是积极的经济目标。

我明白,当商业或整体经济处于减缓或衰退时,我们为何会恐慌:因为整个系统都建立在跟上或超越竞争对手的基础上,如果我们没能做到,就将面临困难时期,垮塌,崩盘。

但我们为何从不质疑这个系统本身,以找到绕过或跳出它的方法呢?

在一定程度上,增长看似是个合理的隐喻。生物需要增长,首先是长到最佳大小,然后不断替换掉耗损的部分,一年一度(一如诸多植物)或持续不断(一如哺乳动物的皮肤)。婴儿长到成人大小,此后增长就变为保持稳定、动态静止及平衡。过度超标的增长会导致肥胖。若婴儿无止境地长大,首先是丑陋,而后是危及性命。

由于将无约束、无限制、永不停息的增长作为经济健康的唯一秘诀,我们无视了最佳规模和维持机体平衡等概念。

或许存在没有最佳大小的有机体,就像我们听说过的那种庞大的真菌网络,构成了整个中西部的地基,或者只是在威斯康星州?但我很好奇,一种在地下蔓延数千千米的真菌,是否真是人类经济最有希望的模型。

一些经济学家更喜欢使用机械术语，但我相信，机器就像有机生物一样存在最佳尺寸。一台大机器能比小机器承担更多工作，但到了一定程度，诸如重量和摩擦力之类的因素便会破坏其效率。这一隐喻也遭遇了同样的限制。

然后是社会达尔文主义——银行家青面獠牙，适者生存，小小的寄生虫则靠他们齿间漏下的一滴滴鲜血生存……这一隐喻基于对进化过程的巨大误解，几乎立刻就触及了极限。在掠食性竞争中，大的确有用，但获取食物的方式千千万万，不是只有个头大过食物这一条路。你可以更小但更聪明，更小但更快，袖珍却有毒，有翅膀……你可以在吃掉食物的同时寄生在它体内……至于找到配偶，如果战斗是唯一得分方式，大块头会有帮助，但大多数竞争并不涉及战斗（尽管我们对战斗有着固执的迷恋）。你可以通过翩翩舞姿，通过装饰着眼睛的蓝绿色尾巴，通过为新娘建造一座可爱的凉亭，通过深谙如何讲笑话来赢得繁衍竞赛。至于生活空间，你可以比邻居占更大面积，从而排挤对方，但是像杜松一样，将所有水分囤积在周围，或是向跟你关系不太密切的海葵释放毒素，这样做都更简单，而且同样有效……植物和动物的竞争技巧种类繁多、创意无限。那么，我们这些聪明的人，为什么只热衷于一种且仅此一种方式呢？

一种生物若只选定单一生存策略，且不再寻觅并挖掘其他策略，即不再适应，便面临极高的风险。适应性是我们最主要也最可靠的天赋。作为一个物种，我们的适应能力几乎无止境到骇人听闻的地步。资本主义认为自己能适应，但若它只有一种策略，即无止境增长，那么其适应性的边界就已经无可挽回地设定好了。我们已经抵达边界。因此，我们正面临高风险。

或许至少有一个世纪之久，但显然是从千禧年开始，资本主义的增长已经是在错误意义上的增长了。不仅无穷无尽，更是毫无制约，完全随机。如同肿瘤的增长，如同癌症的发展。

我们的经济不仅仅处于衰退状态。它病了。作为经济（和人口）不受控制增长的结果，我们的生态病了，并且日益病入膏肓。我们已经破坏了地球、海洋和大气的稳态，这对地球上的其他生命不算致命，细菌能比企业活得更久，但或许对我们自身而言反倒是致命的。

数十年来，我们一直在否认这一事实。事到如今，这种否定从各方面来说都相当可笑——你什么意思，气候不稳定？你什么意思，人口过剩？你什么意思，反应堆有毒？你什么意思,我们不能靠玉米糖浆过活?

我们继续机械性地重复致病行为:我们帮助银行家脱困,我们恢复海上钻井,我们付钱给污染者让他们污染,因为没有他们,我们的经济该如何增长?然而,所有的经济增长越来越多地只惠及富人,与此同时多数人却越来越贫困。美国经济政策研究所报告说:

> 2000年到2007年(当前经济衰退前的最后一次经济增长时期),美国10%最富有的人实现了平均收入100%的增长(100%——全部)。其余90%的人一无所获。

长此以往,等到我们承认癌症并不健康,我们的确病了时,任何治疗都必然极为激进,几乎肯定需要独裁统治,并在物质与道德上破坏大于拯救。

我们的新隐喻会是什么呢?能否找到正确的道路,或许是生死之别。

尽情撒谎

2012年10月

我对《纽约时报》"在这一天"专题中的这一历史片段很感兴趣:

> 1947年10月5日,杜鲁门总统在首次电视直播的白宫讲话中,要求美国人民在周二禁食肉类,周四禁食家禽,以帮助饥饿的欧洲人民储备粮食。

第一次通过电视放送的白宫讲话——有意思。想想以前总统只能在收音机前对民众演讲,或只能对在场的观众演讲,就像林肯在葛底斯堡那样。昔日单纯的人们是多么古朴,多么原始,与我们多么不同!

但这则新闻让我着迷的并不是这一部分。我努力想象或回忆的是，一个国家的总统要求他的人民周二不吃牛肉、周四不吃鸡肉，因为欧洲有人饿肚子。第二次世界大战让欧洲的经济和城市一样废墟一片，这位总统认为美国人会a.）看出肉类与粮食之间的联系，以及b.）愿意放弃日常饮食中的奢侈品，从而赠予欧洲大陆上饥肠辘辘的陌生外国人更多必需的食物，而就在两年前，其中一些人在被我们屠杀，还有一些人在屠杀我们。

当时，这个请求遭到了一些人的嘲笑或讽刺，大部分人则对其视而不见。但是，你能想象现在有哪位总统会要求美国人民每周禁食一两次肉类吗？只为了储备粮食，运送给欧洲大陆上饿肚子的外国人，其中一些人无疑是恐怖分子？

或者，要求我们偶尔不吃肉，从而提供更多粮食给救济项目与食品银行，为此刻正活在"极度贫困"（这意味着营养不良和饥饿）中的两千万美国人所用吗？

又或者说，要求我们为任何理由而放弃任何东西？

有些东西已经改变了。

由于我们背弃原则的公立学校无法再教授多少历史和阅读，人们可能会发现，大约二十五年前的每个人和每件事都遥远得难以想象，与自己的差异也到了不可思议的地步。他们通过贬低前人来为自己的费解辩护，说他们单纯、死板、天真。我知道六十五年前的美国人绝不是那样的。然而,哈里·杜鲁门的那次讲话告诉我,有些东西确实变了。

由于年纪很大,我对大萧条有一点记忆,对"二战"及其余波记忆犹新,对总统林登·约翰逊的"向贫困宣战"也略有印象,如此种种,不一而足。这种经历不允许我将共同富裕视为事实,那只是一种理想。但罗斯福新政的成功和1945年后社会经济网络的落实,让很多人几乎不假思索地就认定美国梦已经实现,并将永远延续下去。眼下,整一代人正在成熟,他们没有在稳态通货膨胀的诱人稳定性中长大,但已然看到增长的资本主义回归至其源头,仅对最强大的投机者提供保障。在这方面,我的孙辈们的经验必将同他们的父母或我的经验截然不同。真希望我能活着看到他们如何处理这个问题。

但这依然无法让我厘清,老哈里的那个请求究竟是什么东西让我如此着迷,当我苦思冥想时,忽然感到我生活在其中的美国仿佛是别人的国家。

教育让我感觉到人生和思想的连续性,不会让我将时间分为现在(我们——最近几年)和那时(他们——历史)。一丝人类学的观点不会让我相信在任何时代、任何地方,对任何人而言,生活曾如此简单。所有老人都怀念他们所了解却已经烟消云散的事物，但我很少沉湎过去。那么，我为何会有放逐之感呢？

我目睹我的国家接受，多半是扬扬自得地接受了越来越多的人生活水平持续降低，道德标准也在同步下降——基于广告宣传的道德标准。意志坚定的作家索尔·贝娄写道，民主就是宣传。比如说，在一场选举中，不仅是总统候选人，就连总统本人也会隐藏或歪曲已知事实，故意且反复撒谎，只有对手会加以反对。这样的时候就更难否认索尔·贝娄的说法了。

当然，政客们总是撒谎，但阿道夫·希特勒是第一个将撒谎制定为政策的人。过去，美国的政治家并不习惯于这样撒谎，就好像他们知道没人在乎他们是否撒谎，尽管尼克松和里根开始对道德冷漠进行试水。如今我们深陷其中。奥巴马在第一次辩论中的虚假数据和虚假承诺之所以令我骇然，是因为这些全都没有必要。如果他说了实话，明明能更好地支撑其候选人身份，也能让罗姆尼的假数据和闪烁其词难堪。他本可以给我们一种道德选择，而不是一次互扔软糖的比赛。

美国能否靠着杜撰与幻觉、空话与胡扯继续下去，且依然是我的国度？我不知道。

一位总统竟然要求美国人在周四不吃鸡肉，上述问题的答案对我而言也变得不太可能了。或许,你可以说它是古朴的。"我的美国同胞们,不要问你的国家能为你做什么——问你能为你的国家做什么。"没错,嗯嗯。哦,天哪!那家伙也撒了一些花哨的谎。但他对我们讲话时,还是把我们当作成年人,当作能够提出疑难问题并决定如何应对的公民,而不是仅仅当作消费者,只能听我们想听的话,毫无判断力,对真相漠不关心。

如果某位总统要求我们这些吃得起鸡的人周四不吃鸡,好让政府能将更多食物分发给那两千万忍饥挨饿的社区成员会怎么样?别胡说八道了。讨好卖乖的货色。无论如何,没有一位总统能让各大公司顺利通过这条提案,国会几乎完全是它们的子公司。

如果某位总统要求我们(曾经有一个人这么做过)为节省油耗、保护道路和生命而接受每小时八十八千米的限速会怎么样?齐刷刷的嘲笑。

是从何时开始,我们的政府就不可能要求公民放弃短期满足,服务于更大的利益了呢?是在我们初次听说活力四射、自由热烈的美国人不应该纳税的时候吗?

我当然从未像清教徒那样热衷过单纯的"节俭"概念。但我承认,没有人能要求我们考虑节俭,好充分给予或将东西留给那些需要或将来需要它们的人（很可能也包括我们自己），想到这些我就很沮丧。那些活力四射、自由热烈的美国人是如此孩子气，此刻想要的任何东西都得保证立马得到吗？或者，换个不那么异想天开的说法，如果不能要求公民在周二不吃牛排，那又怎么能要求各行各业和各大公司放弃因扰乱气候、破坏环境所获得的巨大即时利润呢？

我们似乎已经放弃了长远视角。我们已经决定不计后果，不考虑因果关系。或许这就是我感到自己背井离乡的原因。我曾生活在一个有未来的国家。

如果我们继续破坏环境，直到自己没有肉吃，也没有其他奢侈食物可以享用，到了那时，我们就得学会适应没有这些东西的生活。人们就是这样。总统甚至无须开口要求。但是，万一我们耗尽了那些不算奢侈品的东西，比如水，我们能否少用一点，不再用，或定额配给，彼此分享呢？

希望我们能对这类事情有所实践。希望我们的总统充分尊重我们，至少给我们考虑一下这些事的机会。

希望对我的国家而言，尊重真理和彼此分享的理念并没有变得太过陌生，以至于我的国家对我来说变得陌生起来。

内在小孩与赤裸政客

2014年10月

去年夏天,一家做文化衫的公司请求我允许他们引用这句话:

有创造力的成年人是幸存的孩子。

我看着这句话陷入了沉思,我写过这句话吗?我觉得我写过类似的话,但我希望不是这一句。自从"创造力"这个词被公司思维占据后,我就不怎么用了。再说了,每个成年人不都是幸存下来的孩子吗?

所以我去谷歌搜了这句话。我找到很多搜索结果,天啊,有些真的太奇怪了。在大量搜索结果中,大家都认为这句话出自我,却从未给出过任何引用来源。

最奇怪的一个是在quotes-clothing.com（提供引语）的网站上：

> 亲爱的，
>
> 有创造力的成年人是幸存的孩子。
>
> 有创造力的成年人是在世界试图杀死他们，迫使他们"长大成人"后幸存下来的孩子。有创造力的成年人是经历过枯燥的学校教育、坏老师的无益言论和世上形形色色的拒绝后幸存下来的孩子。
>
> 有创造力的成年人本质上就是个孩子。
>
> 你虚伪的
> 厄休拉·勒古恩

在这场顾影自怜的小小狂欢中，最为奇怪的部分就是"你虚伪的"，我认为这是实际写下这些胡言乱语的人含糊其词地供认了自己的伪造。

我翻阅自己的文章，想找到那句可能被引用或误用的句子，因为我还是觉的确有这么一句。但迄今为止，我还没有找到。我在科幻聊天群里问朋友们是否有印象，其中一些人是学者，对引用来源极为敏锐，但也没人能帮上忙。如果读到这篇文章的人,有谁对这个伪造引文的出处有所推断,或者最好能带来具体引用的卷数和页码,告诉我"找到了!",那么是否可以请你在书景咖啡上以回复的形式发布出来呢?因为这个问题从6月开始就一直困扰着我了。[1]

这句话本身的使用和普及甚至让我更为困扰。对词语真正要表达的意思漠不关心,乐于将乏味的老生常谈当成有用甚至有启发性的概念来接纳,不在乎所谓的引言究竟来自何处——这就是我最不喜欢互联网的地方。一种"啦啦啦,谁在乎,我就想让它当个问询处"的态度,这是同时折辱了语言和思想的惰性思维。

但更深层的是我对这句话的厌恶:只有孩子是鲜活且有创造力的——因此成长就是死去。

---

[1] 在书景咖啡这篇博文下面发布的回复中,既给了我所写的那句话,也给出了错误引用的可能源头。在1974年的文章《美国人为什么怕龙?》[收录于精选集《夜晚的语言》(*The Language of the Night*)]中,我写道:"我坚信,成熟并非年增志移,而是成长。一个成年人不是一个死去的孩子,而是一个幸存下来的孩子。"对于"创造力"只字未提。成熟不过是丧失或背叛了童年,我只是在抨击这样一种观念。错误引用可能最先出现在1999年的互联网上,是朱利安·F. 福莱伦(Julian F. Fleron)教授编纂的一部引语集,旁征博引,很有用。当我给他写信,他苦恼地发现这是个误引后,当即就友好地删除了。但是互联网上的错误归属就像桲叶槭甲虫一样,这让人难受的小东西自源源不绝地繁殖、喧哗,从木质品里爬出来。我刚刚(2016年7月)查看了一下,好读网(Goodreads)和美国专业设计协会(AIGA)还在继续将"有创造力的成年人"这个误引归属于我。这一误引独立生存下来,甚至被某个来源称为"名人名言"。哦,也罢!——作者注

尊重并珍视儿童新鲜的感知力,以及无边无际、变化多端的潜力,这是一回事。但要说我们只有在童年时期才能体验真正的存在,创造力是独属于幼童的功能,这又是另一回事了。

我在小说中,在对"内在儿童"的崇拜中不断遭遇对成长的贬低。

无数童书的主角都是反叛的怪人——那个因质疑、反抗或无视规则而给自己惹上麻烦的男孩或女孩(通常被描述为相貌平平,并且毫无意外多半是红头发)。每个年轻读者都会同情这个孩子,而且理当如此。在某些方面,孩子们或多或少都是社会的受害者:他们无权无势,没有机会展示自己的内在。

而他们对此了然于胸。他们热衷于阅读夺权、霸凌者自食其果、展示自我、实现正义的故事。他们渴望这样,唯有如此他们才能成长,宣告独立,从而担起责任。

但有一种文学既为孩子而写,也为成人而写,在这类文学作品中,人类社会被简化为孩子们好或有创造力与成年人坏或心如死水之间的对立。在这一结构中,儿童英雄们不仅是反叛者,更是在所有方面都胜过高压迂腐的社会和周遭愚蠢、麻木、心胸狭隘的成年人。主角们可能会同其他孩子建立友谊，从其他人那里得到理解——可能是祖父母般充满智慧的老者，肤色与主角不同，也可能是他们所处社会的边缘人或局外人。但他们无法从自己所处社会的成年人那里学到任何东西，那些长者也没有任何东西可以教给他们。这样的孩子总是正确的，比那些压制并误解他们的成年人更有智慧。然而感知力非凡、聪慧明智的孩子却无力逃脱。他们是受害者。霍尔顿·考尔菲尔德[1]就是这类孩子的典范，彼得·潘则是他的直系祖先。

汤姆·索亚与这类孩子有一些共通之处，哈克贝利·费恩也是，但汤姆和哈克贝利并没有被作者带着感情偏向，只描述好的方面，或是在道德上过于简化，也没有自愿成为受害者。他们被描述为具备强烈讽刺幽默感的形象，也的确如此，这影响了顾影自怜这一关键问题。受溺爱的汤姆喜欢把自己看成被毫无意义的法律及义务残酷压迫的人，而哈克贝利作为个人与社会虐待的真正受害者，却没有一丝顾影自怜。然而，他们俩都一心渴望长大，渴望掌控自己的生活。他们会做到的——汤姆毫无疑问会成为功成名就的社会支柱，哈

---

[1] 霍尔顿·考尔菲尔德是《麦田里的守望者》的主人公，一个不学无术、满口脏话的孩子，多次被学校开除。

克贝利会在海外领地成为更自由的人。

在我看来，感知力超群的自怜儿童受害者与内在小孩有些相似之处：他们很懒。责怪大人总比成为大人要容易得多。

人人心里都有个被社会压制的"内在小孩"这一观点，以及我们应当将这个"内在小孩"作为真正的自我来培养，并依赖它解放我们的创造力这一信念，似乎是对诸多明智多思之人表达过的领悟进行了过于简化的陈述。这些明智多思的人也包括耶稣："你们若不回转，变成小孩子的样式，断不得进天国。"

一些神秘主义者与诸多伟大的艺术家，都有意识地将童年作为汲取灵感的深层源泉，他们都提到，一个人的内心世界有必要保持儿童与成人之间坚不可摧的内在联结。

但将这种观点简化为可以打开一扇精神之门，释放我们被囚禁的"内在小孩"，让他来教我们如何歌唱、舞蹈、画画、思考、祈祷、做饭、爱人……？

华兹华斯的《不朽颂》("Ode: Intimations of Immortality")对与孩童时期的自我保持联结的必要性与困难性进行了绝妙的表述。这首诗提出了一个让人深有体会、深思熟虑且非同凡响的论点：

我们的出生，无非是一场睡眠与遗忘……

这首颂歌没有把出生看作从空白的无与不完整的胎儿状态到完满儿童的觉醒，也没有把成熟看作一场行向空无死亡的渐趋收缩、枯竭的旅程，它提出，灵魂进入生命，忘却了自身是永恒的存在，终其一生，只有在暗示与得到启示的瞬间才能忆起，也唯有在死亡之时才能完完整整地忆起，而后重新步入永恒。

华兹华斯有言，关于永恒，大自然为我们提供了无穷无尽的启示，我们在童年时期秉持最开放的态度。纵然在成年生活中我们失去了这种开放性，当"习惯"笼罩在我们身上，"沉甸甸如寒霜，幽邃如人生"，我们仍旧可相信：

> 那些朦胧的追忆，
>
> 无论是什么，
>
> 仍是我们一整个白昼的光源，
>
> 仍是我们目之所及的主灯；
>
> 支持我们，爱护我们，并有力量让
>
> 我们喧闹的岁月，恍如永恒寂静中的片刻：
>
> 醒来的真理，

永不湮灭。

我尤为珍视这段证言,因为不用觉得它源于任何宗教信仰体系。信徒与自由思想者都可以共享这一人类生存观,即穿过光明,越过黑暗,再进入光明,从神秘到无尽的神秘。

在这种意义上,幼童的纯真无辜,对个人体验不做判断、不设限制的开放性,都能被视为成年人可以触及或重新获取的精神品质。我认为这才是"内在小孩"这一观念最本源也最理想的含义。

但华兹华斯并没有通过否认成熟的价值,或试图再次成为孩子来煽情地恳求我们去滋养曾经的那个小孩。就算我们意识到随着年龄的增长,我们失去了自由、兴趣与快乐,但我们度过完满的一生,并不是通过停留在任何阶段,而是通过顺其自然,成为此刻这个我。

> 纵然没有什么能带回那时光
> 青草壮丽恢宏,花朵熠熠生辉,
> 我们不会悲伤,而是找到力量
> 从那遗留之物中;
> 从那曾经存在且必将永存的

最初的同情之中；

从那源于人类苦难

慰藉人心的思虑中；

从那看穿死亡的信念中；

从那带来哲理思考的岁月中。

（如果你像我一样，惊讶地面对"慰藉人心"这个词，想知晓对人类苦难的思虑为何能带来慰藉，或许你就会像我一样感觉到，这样的疑惑是一把钥匙——一种提示，最初，诗人直接的语言所透露的含义仿佛一览无余，但其弦外之音远不止于此。他在这首诗里所说的一切都不简单，尽管不难理解，但任何对它的解读如果求索下去，都可能导向更深层的剖析。）

"内在小孩"崇拜倾向于大刀阔斧地化简华兹华斯所留下的复杂内涵，关闭他所敞开的，制造并不存在的对立。孩子是好的——因此成年人就是坏的。做孩子很棒——所以长大就很糟。

毫无疑问，成长并不容易。一旦宝宝们能够跌跌撞撞学步，就必定会跌入麻烦。华兹华斯对此并无任何幻想："牢房的阴霾开始迫近/降临到成长中的男孩身上……"向成年过渡，进入青春期，棘手且危险，许多文化都认同这一点，且往往以惩罚性的方式来认同，比如残忍的男性成人仪式，或是女孩刚一来月经，就立刻把她们嫁出去，从而残酷根除她们的青春期。

我把孩子们看成未完成的生命体，他们背负重任要去完成。他们的任务就是要变得完整，实现自己的潜能——长大成人。他们中的大多数人想承担起这项重任，并为此竭尽所能。在完成使命的过程中，他们都需要成年人的帮助。这种帮助名为"教导"。

当然，教导也可能出错，成为束缚，丧失教育性，枯燥、残忍。我们所做的一切都可能出错。但只把教育看成对儿童天性的压抑，那就是对自旧石器时代以来，世上每一位谆谆教诲的父母与老师的巨大不公，这既否认了孩子们成长的权利，也否认了长辈帮助他们成长的责任。

天性使然，孩子们必然不负责任，而他们的不负责任就像小狗或小猫一样，是自身魅力的一部分。当这种不负责任被带入成年期，就会成为实际及伦理上的巨大失败。失控的天性是对自身的浪费。无知不是智慧。天真无邪只是精神上的智慧。我们的确终生都能从孩子们身上学到很多，但"如孩子一般"只是精神建议，并非智力、实践或伦理上的建议。

为了看清皇帝并没有穿衣服,我们真的需要等待一个孩子说出事实吗?甚或更糟,等待某个人的"内在小鬼"突然语出惊人?若是如此,我们免不了要面对一大堆裸体政客了。

一个谦逊的提议：素食共情

2012年6月

是时候让身为杂食动物、肉食动物、素食者和严格素食者的人类升华一下了。我们必须迈出不可避免的下一步，迈向有机主义者——氧气食者之道——引领我们离开肥胖、过敏和残暴，走向无可指摘的纯净。我们的座右铭必须是我们只需要氧气。

许多人因动物遭受的痛苦而忧虑，如果我们不是为了肉、奶、蛋而繁育这些动物，它们几乎不可能存在于动物园以外的地方，可是对于我们囚禁或于野外收获的蔬菜所承受的无穷无尽的巨大折磨，这些人却保持诡异的冷漠。就稍微想一下，植物在我们手中都经历了什么。我们通过无情的选择繁育它们，侵扰、折磨并毒害它们，将它们挤入大面积的单一栽培，只在关系到我们的欲望时才关心它们的福祉，只为种子、花朵或果实之类的副产品而大量栽培。在"丰收"时，我们毫无恻隐之心地收割屠戮，活生生地将它们连根拔起，从土壤或枝丫上撕扯下来，斩、劈、割、撕成碎片；或是在"烹饪"时，把它们丢进沸水、滚油或烤箱中送死；抑或罪大恶极的情形，生吃，塞进人类的嘴巴，被人类的牙齿嚼碎并吞下肚，那时植物往往还活着。

你觉得豆子是死的，因为你在商店买下时它是装在塑料袋里的吗？胡萝卜是死的，因为它在冰箱里放了一段时间吗？你有没有试过把一些豆子种进潮湿的土壤，等上一到两周，把胡萝卜缨放在一碟淡水里，也等上一到两周？

植物的生命力或许没那么肉眼可见，却远比动物的生命力更坚韧、更持久。如果你把一只牡蛎放在一碟淡水里，养上一周，结果将截然不同。

那么问题来了，如果把一只牡蛎降格为食物是不道德的，那为什么对一根胡萝卜或一块豆腐做同样的事却无可指摘，甚至高风亮节呢？

"因为胡萝卜不会痛苦，"严格素食者说，"大豆没有神经系统，它们不会感到疼痛。植物没有感觉。"

这恰恰是千百年来许多人对动物的说法，现在依然有不少人这样说鱼。随着科学带我们（我们中的一部分人）回归对自身动物性的认知，我们不得不承认，所有的高等动物至少和我们一样，能够强烈感受到痛苦和恐惧。然而，就像我们曾经滥用科学来支持动物是没有脑子的机器这一说法一样，如今我们滥用科学来支持我们确信非动物的生命体——植物——没有感觉。

我们对此一无所知。

科学才刚刚开始研究植物敏感性和植物交流。结果依然乏善可陈，但积极、迷人且奇特。这些机制和过程与动物的感官及神经系统大相径庭，人们对此还没有足够了解。但是到目前为止，科学对这个问题的研究还不能证明植物没有知觉这一"便捷"信念是正确的。我们并不知道胡萝卜有什么感觉。

事实上，我们也不知道牡蛎有什么感觉。我们不可能询问奶牛对挤奶有什么看法，尽管我们可以假设，如果乳房胀满，挤奶后她可能会觉得如释重负。我们对其他一切生物的假设大多出于自私自利。或许其中最根深蒂固的便是植物毫无感觉，没有理智，愚蠢不堪，因此"次于"动物，只为"供我们使用而存在"。这种简单粗暴的判断使得我们当中心肠最软的人也会轻贱植物，毫不留情地杀死蔬菜，庆祝良心的白璧无瑕，同时麻木不仁地吞噬一根年轻的羽衣甘蓝茎或娇嫩、纤细、卷曲、鲜活、幼小的豌豆卷须。

我坚信，要避免此类残酷伪善，并真正达到问心无愧的唯一方式，就是成为一名氧气食者。

遗憾的是，氧气食者运动由于其本质和原则，在任何个例中都注定短命。但毫无疑问，这项事业的第一批殉道者将激发无数人追随他们，放弃吞食其他生物或其副产品来维持这种极不自然的习惯。氧气食者们只摄入大气和 H_2O 中纯洁无瑕的氧元素 O，真正和所有动物、所有蔬菜和谐共处，并将长期自豪地宣讲他们的信条，活多久讲多久。有时可能会持续好几周。

相信"相信"

2014年2月

你可以买到一种石头,上面刻着意在鼓舞人心的词语——爱情、希望、梦想等。有些石头上刻着"相信"。这让我感到困惑。相信是美德吗?相信本身就值得向往吗?只要你相信什么,无论你信的是什么都无关紧要吗?如果我相信马会在周二变成洋蓟,这样会比质疑这件事更好吗?

查尔斯·布洛(Charles Blow)在2014年1月3日的《纽约时报》上发表了一篇精彩的社论《灌输宗教战士》,控诉激进的共和党人利用宗教来混淆关乎事实的观点,并大获成功。他引用了2013年12月30日的皮尤调查报告,其中的统计数据令人灰心。

> 去年……相信进化论的民主党人比例缓慢上升至67%，相信进化论的共和党人比例则暴跌至43%。现在，更多的共和党人相信"人和其他生物自时间之初就以现在的形态存在"，而不是相信进化论。

我极为钦佩查尔斯·布洛锋利的智慧与可靠的同情心，但是他的用词让我担忧。在这个段落中，他四次使用了动词"相信"，他的用法暗示科学理论的可信度和宗教经文的可信度能够相提并论。

我并不认为它们旗鼓相当。之所以要写这个话题，是因为我同意他的看法，即有关现实合理性和精神信仰或宗教信仰的问题正在被不管不顾、佯装无知地混淆起来，我们必须进行区分。

我没能找到皮尤调查中提出这些问题的确切措辞。

他们的报告使用"认为"这个词的频率高于"相信"——人们"认为"人类和其他生物随着时间的推移进化而来，或"拒绝这种观点"。

这种措辞让我打消了一些疑虑。因为若是有民意测验专家问我："你相信进化论吗？"我的回答必将是"不"。

当然了，我压根儿就不应该回答，因为一个没有意义的问题只能得到没有意义的答案。问我是否相信进化、相信变化，给我的感觉就像在问我是否相信星期二或者洋蓟。"进化"这个词意味着改变，一样东西变成了另一样东西。这种事时时都在发生。

这里的问题在于我们把"进化"这个词用来代表"进化论"。这种含糊其词引发了精神短路：它在假设（涉及观察到的事实）和启示（按照《希伯来圣经》的记录，它来自上帝）之间设置了一种错误并列，而我们对"相信"一词的随意使用进一步强化了这种并列。

我并不相信达尔文的进化论。我接受它。这不是信仰问题，而是证据的问题。

科学的全部任务就是竭尽所能处理现实。现实事物与处在时间中的事件，它们隶属怀疑、假说、证明或反证、接受或拒绝的范畴，而不隶属信仰或非信仰。

信仰在魔法、宗教、恐惧和希望的领域内拥有恰如其分且强有力的存在感。

我看不出接受进化论和信仰上帝之间存在对立。对一种科学理论的理性接受和对一位超然神明的信奉几乎不存在任何重叠：谁都不能支持或驳斥对方。它们源于看待同一个世界的不同方式，即考量现实的不同方式：物质与精神。它们能够且往往在完美和谐中共存。

阅读宗教文本时，极端的字面主义让任何思考都变得困难。不过，只要有人相信几千年前，上帝在六天之内创造了宇宙，就有人可以视其为不受物质证据影响的精神真理，而这些物质证据证明宇宙已经数十亿岁了。反之亦然，正如伽利略深知，但审判者不知，究竟是地球围绕太阳转还是太阳围绕地球转，不管怎样都不会影响上帝是万事万物的精神中心。

唯有信仰才能看到世界的奇妙，科学"冰冷僵硬的事实"会剥夺世上所有的色彩与奇观，科学理解天然威胁并削弱宗教或精神洞察力，这些观念都是蠢话。

这些胡扯有的源自专业人士的嫉妒、竞争和恐惧——祭司与科学家都在竞争人类思想的控制权。无神论者和基督教原教旨主义者的咆哮听来如出一辙：激情洋溢，失之偏颇，错漏百出。我的感觉是，大多数在职科学家，无论是否信仰某种宗教，他们都接受宗教的共存，接受其在自己领域中的至高无上，同时继续他们的工作。但是有些科学家痛恨宗教，恐惧宗教，嘲骂宗教。有些祭司和牧师希望自己的势力范围囊括所有事、所有人，宣称《圣经》中的启示超越客观现实，是绝对的首位。

这两类人就这样共同为信徒设置了一个致命陷阱：如果你相信上帝，就不能相信进化论，反之亦然。

但这就好像在说，如果你相信周二，就不能相信洋蓟。

或许问题在于，信徒们无法相信科学并不涉及信仰。因此他们混淆知识与假设，致命地曲解了科学知识是什么、不是什么。

科学假设是一种知识的试探性断言，基础是对现实的观察，以及对能够支持它的事实证据的收集。没有事实内容的断言（信仰）与科学假设无关。但科学假设始终可以被反驳。反驳它的唯一方式就是设法给出能够驳斥它的观测事实。

天地万物自起源以来一直在变化，在地球上，生物由于适应变化，亿万年来已然从单细胞生物进化为浩如烟海的繁多物种，此刻仍然在适应与进化（正如我们能在加拉帕戈斯岛上的雀类进化中看到的那样，或是飞蛾的自然色彩，横斑林鸮与西点林鸮的杂交，还有其他数以百计的例子）。迄今为止，证据完全支持这些假说。

然而，对于严谨的科学思维而言，进化理论并非绝对知识。就算它经过了全面的测试，得到了证据支持，但也只是一个理论：进一步的观察总是能改变它，或对其进行改进、精炼和扩充。它不是教条也不是信条，而是一样工具。科学家们使用它，以此为行动准则，甚至如信仰它一般为之辩护，但他们并非因为信奉它才这样做。他们接受它，使用它，守卫它免受不相干的攻击，是因为到目前为止，它经受住了大量反驳它的尝试，并且行之有效。它承担了必不可少的工作。它解释了需要解释的事。它将思维引入事实发现与理论想象的新领域。

达尔文的理论极大地扩展了我们对现实的看法——我们向来不确定的知识。只有我们验证过这种理论，可以继续验证，且总能随着学到更多而不断修正它，我们才能接受它为真知——一种伟大、丰富、美丽的顿悟。不是被揭示的真理，而是努力获得的真理。

在精神领域，我们似乎无法获得知识。我们只能如获重礼般接受它，接受信仰的礼物。"信仰"是个伟大的词，被信奉的真理也可以同样伟大而美好。一个人信仰什么至关重要。

我希望我们能在事实问题上停止使用"信仰"这个词，把它留在属于它的地方，留在宗教信仰与世俗希望的领域。我相信，如果这样做，我们可以避免很多不必要的痛苦。

关于愤怒

2014年10月

义愤填膺

在第二次女性主义浪潮觉悟提升的时期，我们对愤怒、对女性的愤怒小题大做。我们赞美并将它树为一种美德。我们学会了炫耀愤怒，表演愤怒，扮演复仇女神。

我们这样做并没有错。我们是在告诉那些相信自己应当耐心忍受侮辱、伤害和虐待的女性，她们有充分的理由感到愤怒。我们正在唤醒人们去感受并看到不公，感受并看到女性所遭受的系统性虐待，感受并看到对女性人权的轻视，为自己和他人去愤慨、去拒绝。清楚表达出来的义愤是对不公正的恰当回应。义愤从愤慨中汲取力量，愤慨从气愤中汲取力量。如果说有过一段怒火中烧的时期，当时就是那样。

激发对不公的反抗,怒火或许是不可或缺的工具。但我认为它是一种武器,是只在战斗和自卫时有用的工具。

那些认为男性主导地位重要且必要的人害怕女性的反抗,因此害怕女性的怒火——他们一眼便知晓那是武器。来自他们的反击刻不容缓且都在预料之中。那些将人权视为男性专属权利的人会给每一位为正义发声的女性贴上憎恨男性、焚烧胸罩、偏激泼妇的标签。仗着诸多媒体支持他们的观点,他们成功地贬低了"女性主义"和"女性主义者"这两个词,将它们与偏狭联系在一起,几乎达到让这两个词毫无价值的程度,甚至今天依然如此。

极右翼喜欢以战争角度看待一切。如果你以这种视角来看1960年至1990年的女性主义,或许会说结果真的很像第二次世界大战:最终,输掉的一方反而得到了很多。如今,公然的男性主导地位不再被视为理所当然;税后薪资的性别差距多少有所缩小;有更多女性进入某些职业中的高位,尤其是在高等教育体系里;在一定的限制和特定情况下,女孩可以毫无风险地表现出傲慢,女性可以毫无风险地假设自己与男性平等。就像那个老掉牙的广告里,自以为是的笨蛋美人吸着烟说,你已经走了很长的路,宝贝。

哎呀呀,谢谢啊,老板。也谢谢你给的肺癌。

或许，可以用幼儿教育来替代战场这一比喻，如果说女性主义是个小婴儿，唯有通过发火、使性子、手舞足蹈、发泄情绪才能让人关注到她的需求和不满，现在她已跨越了这个阶段。为了性别权利，现在很难证明单纯的怒火仍是称手的工具。义愤依旧是面对侮辱和不尊重的正确反应，但在当前的道德环境中，坚定、果决、忠于道德的态度与行动似乎最为有效。

在堕胎权问题上，这一点显而易见。维权者坚定的非暴力抗议直面反对者的咆哮、威胁和暴力。反对者最欢迎的就是暴力回馈。如果NARAL（美国堕胎权利行动联盟）像茶党运动[1]的发言人一样发泄愤怒，如果诊所挥舞枪支来保护自己免受武装示威者的攻击，那么最高法院的堕胎权利反对者就不必像现在这样费尽心思逐步推翻罗诉韦德案[2]。这项诉讼案肯定早就一败涂地了。

诚然，它可能会遭受挫败，但只要我们这些支持它的人坚守立场，就永远不会一败涂地。

---

1 美国民主党右翼发起的国内政治运动，主张减税、削减政府支出。
2 美国影响深远的司法案件。1972年，希望堕胎的女孩简·罗将当地检察官韦德告上法庭，要求取消堕胎禁令。1973年，美国最高法院承认美国堕胎的合法化。勒古恩写作本文时，堕胎依然合法。2022年，美国最高法院推翻罗诉韦德案的相关裁决。

怒火有力地指向了对权利的否认，但是对权利的行使却不能依赖怒火而生存壮大。它依靠的是对正义的不懈追求。

如果珍视自由的女性再一次被拖回公然反抗压迫的处境，被迫保护自己免受不公正法律的新一轮戕害，我们也将不得不再一次拿起愤怒作为武器；但目前为时尚早，希望我们现在所做的一切都不会将我们推向那一刻。

怒火一旦继续烧下去，越过了有用的范畴，就会变得不公，继而变得危险。为了发火而发火，重视怒火本身，怒火便失去了目标。它不再助燃积极的行动主义，而是为倒退、着魔、复仇、自以为是煽风点火。怒火蚕食自身，这种腐蚀剂终将同时摧毁宿主。过去几年里，美国政治中反动右翼的种族主义、厌女和反理性主义就是怒火破坏力的可怕展示，这股怒火由仇恨蓄意滋养，并被鼓动用于控制思想，被利用用于控制言行。希望我们的国家能从这场自我放纵的愤怒狂欢中存活下来。

个人的怒火

我一直在谈论的对象或可被称为公共怒火、政治怒火。但我继续将这一主题作为个人经验来思考：气急败坏，怒火中烧。我发现这个话题很麻烦，我虽然想自视为拥有强烈情感但本性平和的女性，却不得不意识到怒火常常激发我的行动与思考，我常常沉溺在怒火之中。

我很清楚，如果无限压抑怒火，就会损害或侵蚀灵魂。但是我不清楚，从长远看来，怒火有多少用。个人的怒火应当被鼓励吗？

我们希望女性面对不公的怒火被视为美德，在任何时候都可以自由表达，若是如此会怎样？

当然，怒火的爆发可以净化灵魂，清新空气。但是悉心照料并滋养的怒火开始表现得像被压抑的怒火：它开始用报复心、恶意、不信任来毒化空气，繁殖怨恨与不满，无休止地苦思怨恨的缘由与不满的正义。在恰当的时刻，指向真正目标的一次简短、公开的怒火表达行之有效——怒火是一把好武器。但武器只适用于危急关头，也只在那时才合理。每天晚上在餐桌边怒气冲冲地威胁家人，或者用发脾气来解决究竟看哪个电视频道的争执，又或者是被挡在人家车后，于是就以一百三十千米的时速右侧超车，同时大喊"去你妈的！"，以此表达被挡路的懊恼，没什么能为这些行为辩护。

也许问题在于：受到威胁时，我们拔出怒火这一武器，然后威胁过去，或烟消云散。但武器还在我们手里。武器是诱人的，甚至有成瘾性，它承诺我们力量、安全、支配地位……

在寻找自身怒火的正面来源或积极因素时，我意识到了一个：自尊。当被忽视或被居高临下地对待，我会登时暴怒并发动攻击，当时当场。我对此毫无内疚。

然而结果往往都是误会一场，别人并非有意不尊重我，或只是我将笨拙误认为轻视。再说了，哪怕就是有意为之的，又能怎样呢？

就像我的姑奶奶贝茜说起那位怠慢她的女士时那样："我可怜她的低劣品位。"

多数情况下，比起自尊，我的怒火与负面情绪关系更大：嫉妒、憎恨、恐惧。

在我这种性格的人身上，恐惧难以摆脱，不可避免，我对此无能为力，只能去认识它的本质，尽量不让它完全控制我。如果我正处在愤怒情绪中并意识到了这一点，我就可以问自己："所以你害怕的是什么？"这给了我一个位置来旁观自己的怒火，有时还能帮我呼吸到更清新的空气。

嫉妒多数时候将其肮脏的黄绿色鼻子刺入我的作家生活。我嫉妒那些乘着赞美的翅膀飞向成功的作家，我对他们，对那些赞美他们的人横眉怒目——如果我不喜欢他们的写作。我想踢欧内斯特·海明威，他明明才华横溢，不伪装也能大获成功，却还是喜欢伪装，喜欢装腔作势。对詹姆斯·乔伊斯源源不绝的过高评价让我牙痒痒。对菲利普·罗斯的神化让我勃然大怒。但是，只有在我不喜欢他们所写的东西时，上述所有嫉妒的怒火才会燃烧。如果我喜欢一个作家的文章，对那个作家的赞美会让我开心。我可以阅读无休止赞美弗吉尼亚·伍尔夫的文章，一篇有关若泽·萨拉马戈的好文章能让我愉快一整天。所以，很显然，我愤怒的原因并非嫉妒或羡慕，而是恐惧——又是恐惧。我生怕若海明威、乔伊斯和罗斯真是最伟大的作家，那么我身为作家就永远不可能变得优秀或得到很高评价——因为我永远也不可能写出他们那样的作品，或取悦他们能取悦的那些读者与评论家。

其中循环论证的愚蠢不言而喻，但我的不安全感无法消除。幸运的是，它只在我阅读不喜欢的作家时才会运转，从不在我真正写作时发生。每当我忙着写故事，没什么能比其他人的故事、地位、成功离我更遥远的了。

怒火与憎恨的关联必定非常复杂，我完全不懂，但恐惧似乎又参与其中。如果你不害怕让你感到威胁或不快的某个人、某件事，那你往往可以鄙视它、无视它，甚至忘却它。

如果你怕它，就必须恨它。我猜憎恨是用怒火来当燃料的。我不知道。我真的不喜欢这么想。

不过，我从中得到的似乎是一个普遍观念，即愤怒与恐惧有关。

我的恐惧可以归结为是对不安全（好像有人永远安全似的）及失控（好像我从没失控过似的）的恐惧。对于不安全和失控的恐惧会表现为怒火吗，还是以怒火作为对恐惧的否认？

临床抑郁症的一个观点认为，抑郁症源自被压抑的怒火。怒火或许转而攻击自我，因为恐惧——害怕受伤、害怕造成伤害——阻止了怒火转向点燃它的人或情况。

如果是这样，难怪有那么多人会抑郁，也难怪其中有那么多女性。他们怀抱未引爆的炸弹在生活。

那你要如何解除这枚炸弹，或者你可以在什么时候、以什么方式来安全引爆它，甚至让它派上用场呢？

有一次，一个心理学家告知我的母亲，不应在含怒时惩罚孩子。他说，为了让惩罚起作用，必须冷静进行，明确且理智地向孩子解释惩罚他的缘由。永远不要在愤怒时打孩子，他说。

"听起来很对，"母亲对我说，"但后来我想，他是不是让我在不生气的时候打孩子？"

母亲说这话的背景是这样，我女儿卡罗琳是个甜美亲人的两岁小姑娘，我们一家人正围坐在父母家房子外的露台上，她走向我，迟疑地仰头冲我微笑，然后用力咬了我的腿。

我挥起左臂，反手向外甩去，像打飞苍蝇一样把她打开了。她没受伤，只是大吃了一惊。

之后当然有很多眼泪、很多拥抱、很多安慰。双方都没有道歉。后来我才对打了她感到内疚。"真是太糟糕了，"我对妈妈说，"我想都没想！就那么揍了她！"

那时妈妈才把心理学家跟她说过的话告诉我。她说："你弟弟克里夫顿两岁的时候咬了我。而且他一直咬我。我不知道该怎么办。我以为不该惩罚他。最终我炸了，扇了他一巴掌。他很惊讶，和卡罗琳一样。我觉得他甚至都没哭过。他不再咬人了。"

如果这个故事有什么寓意，我不知道那是什么。

在我认识的人的生活中，我目睹深深的愤怒与深受压抑的愤怒怎样严重损害了健康。它源自痛苦，也制造痛苦。

也许我们的文学和电影中持续存在的"残酷狂欢"，是试图通过表达怒火、象征性地发泄怒火来摆脱被压抑的怒火。

一直踢所有人的屁股！折磨那些折磨人的人！描述每一种极致的痛苦！一遍一遍炸毁万物！

这种模拟或者"虚拟"暴力的狂欢是否缓解了怒火呢，还是让引发怒火的恐惧与痛苦的内在负担更为沉重了？对我而言，是后者。它让我恶心，令我恐惧。无差别地指向所有人与事的怒火，就像拿着自动步枪扫射幼儿园孩子的人，这是徒劳无益、孩子气、精神病式的愤怒。我无法视它为一种生活方式，即使是假装的生活。

你听到我语气中的怒火了吗？放纵的怒火会点燃愤怒。

然而，压抑的怒火会滋生怒火。

用怒火助燃一些事而不是对其施加伤害，将怒火从憎恨、报复、自以为是中疏导出去，让它服务于创造力和同情心，可怎样才能做到呢？

插曲

帕德日志

未完成的教育

2015年7月

上周四夜里,帕德在凌晨三点左右把我弄醒,把他如假包换、活生生的老鼠玩具带到了床上,这样我也能和它一起玩。

这已经是他第三次这样做了,总是在凌晨三点左右。第三次(由于有了一些实战经验),我剧烈抖动床单,气冲冲地把猫和老鼠双双抖下床。猫和老鼠继续在房间里激动乱窜,抓来抓去抓来抓去安静疾走蹦跳安静抓来抓去……这次我完全忍受不下去了。我逃进走廊尽头的另一间卧室,关上了门。

早晨,帕德一脸明媚无辜地在走廊里来回踱步,惊奇于我为何会在那间卧室。

没有老鼠的踪迹。

上次也是,再没出现一丁点儿老鼠的影子。无论是那一次还是这一次，我都猜它逃跑了。

但是周五夜里，帕德又在凌晨三点左右把我闹醒，他坚持不懈地在卧室的落地灯底部搜来找去，搞出烦人的声音，还害我担心他会把灯撞倒，尽管灯座是个又大又沉的黄铜圆盘。他一直这样，根本不可能再睡着。我把他抱起来，关在了门外。

试图把帕德和老鼠双双关在门外根本没有用，因为门离地太高，老鼠可以跑回来，把帕德留在门外，然后帕德咔嗒咔嗒地扒拉门，叫着。

但这一次，我把帕德关在门外，他只是顺着走廊，去了另一间卧室睡觉。这间接告诉了我一些有关老鼠的信息。

帕德是出色的猎人，但正如我在之前的博文中所说，他并不知道应该杀死猎物，显然也不知道该怎么杀。他的本能和技巧具备无可挑剔的猫性，但他的教育并不完整。

周六早上，我刚一起床，穿好衣服，多少还有些矍铄能干，便抬起重重的灯座看看下面。果不其然，那只死去的可怜小老鼠就在那儿。在它最后的避难所。伤害、恐惧、疲惫，全都足以致命。

我为这只老鼠写了首诗。我不确定算不算已经完成，我一直在挪动诗行，改动一些细节，不过它眼下就是这样了。

向死者致辞

我家猫杀死的老鼠
簸箕里的灰色碎片
被带向垃圾桶
我对你的灵魂说:
无处可藏
跑起来吧,舞起来吧
在大房子的墙壁里
对你的身体说:
在大地的体内
在无边无际的存在中
安息

未完成的教育（续篇）

2016年1月

昨天晚上吃饭前，我们正在朗读佩内洛普·菲茨杰拉德的《早春》，帕德突然以一反常态的野性方式一路小跑过客厅：身子贴地，尾巴低垂，脑袋蓄势待发，黑色的瞳孔占满双眼。果不其然，他嘴里叼了只小老鼠。他放下老鼠，放走它，再抓住它，又小跑回厨房，老鼠小小的黑色尾巴就挂在他的嘴巴外面。我们继续严肃地朗读佩内洛普的书。过了一会儿，帕德回来，没有老鼠，看上去蠢头蠢脑的。他走开了，我们确定，或者说希望他弄丢了老鼠。

正当我们要去洗碗时，他又带着老鼠出现了。此刻老鼠明显不如之前活跃，但仍然活着。帕德感到迷惑、困扰、毫无目的，每次他抓到老鼠时都是这样：完全被本能指令支配去狩猎、去捕捉，把猎物带给家人当战利品、玩具或食物，可是呢，至于如何再进一步到杀死猎物，他又缺乏本能与传授。

猫和老鼠——老生常谈的残忍例子。我想清楚地说明，我不相信任何动物有残忍的能力。残忍意味着意识到他人的痛苦，并蓄意制造痛苦。残忍是人类的专长，人类持续实践、完善并让残忍成为惯例，虽然我们很少拿来吹嘘。我们更愿意否认它，称它"不人道"，将之归咎于动物。我们不想承认动物的纯真无邪，因为这反映了我们的罪行。

我或许可以捉住那只老鼠，把它带到外面去，少让它受一些苦。（查尔斯做不到，因为不久前他才做过一次手术，不能弯腰。）但我连试都没试过。我需要强烈的动机去做这件事，但我没有。对此我既不内疚也不羞愧，只是对整个情况感到不快。

我从来没能干涉猫和他的猎物。我十二岁左右的时候，我们的公猫在草坪上抓到一只麻雀。我的两个兄弟和父亲都在场。他们仨全都冲猫叫喊，试图把鸟救出来，在飞舞的羽毛及混乱之中，他们成功了。我记得很清楚，因为当时我清晰地意识到了自己的感受，我拒绝加入他们的叫喊、训斥与争夺。我反对。我认为这是鸟和猫之间的事，我们没必要多管闲事。这似乎很冷血，或许确是如此。还有其他一些生死大事，我也持有类似即时的、明确的、颇有权威的反应——这么做是对的，或者这么做是错的——个人喜好或温柔对此毫无影响，与良心的推论无关，不能被寻常道德的论据所证明，但也不会因这些而动摇。

针对帕德与老鼠的问题，我们毫无力度的解决方案就是把他们关进厨房，让他们以自己的方式解决问题（碗就等到早上再洗）。老鼠需要的是找到之前钻进来的洞。帕德的箱子在厨房门厅，水碗在厨房地板上，所以帕德有他需要的一切，还有他的难题。

没有我们。他是只非常依赖人类的猫，几乎总是不声不响地待在我们近旁。时不时从眼前飞过，突然在床罩上大肆搞破坏，狂奔上楼，僵着腿往后弹，有时毫无理由地弓着背冲在你前面下楼，夸着尾巴，两眼放光，但大多数时候，他只是静静待在我或查尔斯周围。监视我们，或者睡觉。（此刻他正昏睡在他钟爱的莫比乌斯围巾上，就在"时光机"旁边，距我右手肘大约四十五厘米。）到了晚上，他几乎总是在我的床上，就在我膝盖附近。

所以我知道昨晚我会想念他，他也会想念我。我们也的确如此。我在凌晨两点左右起夜，隐约能听到他在楼下厨房里的轻声啜泣。从动物慈善协会回家时，他在航空箱里，一路都精力旺盛地喵喵喵，叫个不停，但从那以后他再也没有大声叫过。哪怕被误关在地下室，他也只是站在门口轻轻地叫，喵呜？直到有人碰巧听见他。

我硬起心肠，回到床上，一直难过到凌晨三点半。

早上穿衣服时，我又听到了"喵呜？"的叫声，所以我快速穿好衣服，匆匆下楼，打开了厨房门。帕德就在眼前，依旧困惑，依旧焦虑，但高高翘起尾巴来迎接我和早餐。

没有老鼠。

传奇故事的章节几乎总是以谜团作结。一个令人不快的谜团。

人类与猫科动物的生存之道截然不同，或许这就是两者之间只厘清了一部分关系的结果。野猫和野生老鼠有清晰无误、高度发达、很好理解的关系——捕食者与猎物。但帕德及其祖先同人类的关系干扰了他的本能，搅混了那凶猛的清醒，将他驯化了一半，把他和他的猎物留在了不够满意也不够快乐的地方。

人和狗已经相互塑造彼此的性格与行为长达三万年。人和猫致力于转变彼此的时间不过上述时间的十分之一。我们仍处于早期阶段。或许这就是它为什么如此有趣吧。

哦，可我忘掉了那个古怪的部分！今天早晨，在我匆忙下楼，来到厨房门口时，我在门下的地板上看到一个白色的三角形，是一张纸片。有一条消息被塞到了门下。

我驻足盯着那张纸片。

它会不会用猫语写着"请让我出去"？

我捡起来，看到上面用铅笔潦草记录了一个朋友的电话号码。纸片是从厨房门厅的电话桌上掉下来的。帕德还在门后彬彬有礼地叫着"喵呜？"，所以我打开了门。于是我们重新团聚。

给我家猫的打油诗

他爪子白白,他耳朵黑黑。

当他不在身边,我只觉有缺。

他呼噜震天,他皮毛柔软。

他总将尾巴高翘天空。

他步态轻盈,他目光犀利。

他一身燕尾服应对一切场面。

他脚趾有刺,他鼻子粉红。

我爱看他静坐沉思。

他的品种是街猫,他的名字是帕德。

没有他的生活难以为继。

第四部分

奖赏

环绕的星星，环绕的大海：菲利普·格拉斯和约翰·路德·亚当斯[1]

2014年4月

每年，波特兰歌剧团都有一部作品由公司优秀训练项目中的歌剧演员演出。2012年表演的是菲利普·格拉斯的短篇歌剧《伽利略·伽利雷》（*Galileo Galilei*）。经验丰富的演员嗓音极富光泽，年轻的嗓音另有一种截然不同的气势，表演总是充满了额外的紧张与兴奋。

大胆、美丽、错综的简单布景，在不同平面上的圆圈、弧线和移动的灯光，这场景出自2002年在芝加哥的首演，指

---

[1] 菲利普·格拉斯（Philip Glass）和约翰·路德·亚当斯（John Luther Adams）均为美国知名作曲家。

挥家是安妮·曼森（Anne Manson）。

第一幕向我们展示了年迈、眼盲、孤独的伽利略。从那里开始，故事以时间的逆螺旋回溯，漫不经心、持续不断地回望他的审判、他的巨大成功、他的发现，直到最后一幕，一个名叫伽利略的小男孩坐在那儿，听一出关于猎户座、黎明和环绕行星的歌剧，那是他父亲文森佐·伽利雷写的。这一切都被那无穷无尽的重复与瞬息万变的音乐承载并支撑，音乐经久盘旋，从未停息，又以天体运行般的宏大轨道缓缓庄严移动，不涉及任何起点或终点，构成盛大而喜悦的连续。它移动，移动，移动……E pur si muove！（意大利语：但是它在移动啊！）

我从大幕拉开就全神贯注，到最后一幕，我喜极而泣，几乎因泪水看不清舞台。

第二天晚上我们再度回去，又获得了同样灿烂的体验。我们买了一张波特兰歌剧院演出的唱片（橙山音乐，OMM 10091）。我曾怀着深沉的喜悦听过这张唱片，并将再次聆听。但我始终确信，歌剧，尤其是这部歌剧的真正力量，在于实际的制作、歌手的直接在场、他们的声音与音乐同布景、灯光、情节、动作、服装和观众的互动，以及由此创造出的一场完整的、不可复制的体验。所有伟大的歌剧作曲家都是这样来理解自己的事业的。唱片、电影,以及我们所有绝妙的虚拟工具,都只能捕捉到影子,只能唤起对某段鲜活体验的回忆,对某段真实时光里的瞬间的回忆。

歌剧是一个荒诞的命题,让人很难相信任何一部歌剧的任何一次制作能够成功。当然了,对许多人而言,可能并不是这样,托尔斯泰就是其中之一。菲利普·格拉斯的音乐也多少有点荒诞。对很多人来说,它压根儿就不算音乐。他的一些乐章在我听来呆板,甚至敷衍了事,但多年前,我被电影《失衡生活》(*Koyaanisqatsi*)以及他在西雅图舞台上创作的关于甘地的歌剧《非暴力不合作》(*Satyagraha*)深深打动过,所以我总想了解格拉斯正在做什么。他为《伽利略》找来了一位杰出的剧本作家玛丽·齐默曼(Mary Zimmerman),并且迎难而上。这部作品的文字和情节无不灵气逼人:伽利略的生活和思想如何从知识、勇气及诚信的角度对我们产生科学与宗教双重层面的影响,作品直抵这一核心,但也在他的人性中流连。他疼爱女儿,钟情思考与争论,喜欢他的工作与伟大发现,而他得到的公开奖赏却是耻辱、沉默与流亡。这是宏大叙述,是暗黑故事,非常适合歌剧。

在我看来,《伽利略》美丽至极。我认为它同格鲁克的

《奥菲欧》[1]一样美。两者都不像大部分十九世纪的歌剧那样跌宕起伏、情感丰沛，但两者都完整、统一，其中的每一个元素都融入迷人的整体。《伽利略》具备歌剧中罕见的智性壮丽，但智性也是为了创造快乐，真正的快乐——由品格高贵、深思熟虑、可歌可泣、令人愉悦的事物所给予的快乐。

这是我看的第一部二十一世纪的歌剧。真是个了不起的开始！

仅仅两年后，也就是今年3月，西雅图交响乐团带着一场音乐会来到波特兰，其中包括他们委托（为他们这样做叫好！）作曲家约翰·路德·亚当斯创作的《化身为海》(Become Ocean)。

名叫约翰·亚当斯的作曲家人数众多。目前旧金山的那位比较知名，但自从那部古怪无脑又乏味的歌剧《尼克松访华》(Nixon in China)后，我发现他的音乐越来越让人失望。而这位约翰·路德·亚当斯住在阿拉斯加，不仅处于美国大陆的边缘，更是处于主流声誉的边缘。但我相信，随着他的音乐被更多人听到，这种情况将会改变。

---

1 指德国作曲家格鲁克（Gluck）谱曲的《奥菲欧与尤丽狄茜》(Orfeo ed Euridice)。

为了《化身为海》，舞台上的管弦乐队被分为使用不同乐器的三个小组。三组乐队连续演奏，每组都有自己的节奏、音量与音调。现在是一组主导，然后又是另一组主导，每组的退潮与涌动都同另外两组相互渗透，如同大海中的水流。有时它们齐齐退潮，而后又持续增强，相互重叠，直至广阔而深沉的音乐海啸向听众席卷，势不可当……随后再次回落。和声复杂，没有真正意义上的旋律，但整部作品没有任何一刻是不美的。听众可以屈服于环绕的声响，如船只屈服于海浪，如连绵的巨藻森林屈服于洋流与潮汐，如大海屈服于月球的引力。当深沉的音乐最终徐徐退却，我感到自己前所未有地趋近于真正化身为海。

我们起立鼓掌，这么做的人不多。波特兰的观众倾向于自发地为独奏者一跃而起，若是管弦乐队，他们就会更有选择性地起立。我认为观众的反应有点困惑，也可能是厌倦。《化身为海》长达四十五分钟。坐在我们附近的一个男人低声抱怨它永远也不会结束了，而我恰恰希望它永不结束。

接下来表演的是埃德加·瓦雷泽（Edgard Varèse）的《荒漠》（*Déserts*），这部作品巧妙而忠实地遵循了不协和和弦的现代主义要求。也许我们终于度过了严肃音乐必须寻求反和谐并力争振聋发聩的时期。无论是格拉斯还是亚当斯，似乎都没有遵循理论所规划的程式,一如格鲁克或贝多芬,他们锐意创新,因为有新的东西要表达,而且知道如何表达。他们只顺从于自己确信的事。

离开这两场音乐会时,我惊奇地发现,虽然我们的共和国正分崩离析,我们的物种正疯狂加速破坏自己的家园,我们还在继续用空气与精神中的震动建构——做这样的音乐,这样无形、美丽且慷慨的事物。

排练

2013年4月

对于戏剧原著作者而言，坐在排练现场真是奇妙的体验。四十年前，在一间小阁楼里，你的内心于深夜的寂静中听到了一些言语，此刻，在混乱工作室的灯光下，那些喁喁私语突然被鲜活的声音大声说了出来。你以为是你捏造、创造、想象出来的人物就在那里，压根儿就不是幻象——立体，鲜活，在喘气。他们彼此交谈。不是对你，再也不是对你。

此刻存在的是那些人之间建立起来的现实，舞台上的现实，就像所有体验一般触不可及、稍纵即逝，但又比绝大多数体验更为强烈，存在感极强，充满激情……直到突然间，一切结束。场景变幻。曲终人散。

或是在一场排练中，导演说："棒极了。我们就从詹利进来那儿再来一遍。"

他们的确又来了一遍：消失的现实再度浮现，他们在彼此之间把现实构建起来，那些怀疑、信任、误解、激情、痛苦……

演员就是魔术师。

所有的舞台人员都是魔术师，整个团队，无论台前还是幕后，打光还是绘制布景等其他所有工种。他们共同有条不紊地（过程必须有条不紊，因为必须完整无缺）表演一场魔术。而且他们能用完全不可能的材料做到这一点。没有披风，没有魔杖，也没有蝾螈的眼睛和冒着泡的蒸馏器。

本质上，他们通过限制空间，在这个空间内移动和对话，建立并维持一种二次创造。

观看一次排练就能清楚地看到这一点。在这个节点，距离首演之夜还有几周，演员们都穿着牛仔裤和T恤。他们的仪式空间由地板上的胶带与碎片标记。没有布景，唯一的道具是几个破旧长凳和塑料碗。刺目的灯光一直打着他们。距离他们一米五外，人们静悄悄地走来走去，吃塑料盆里的沙拉，查看电脑屏幕，做笔记。但就在那里，在那个有限的空间里，魔法正在被施展。它正在发生。在那里，另一个世界渐渐成型。它的名字是冬星,或格森星[1]。

看啊!国王怀孕了!

---

[1] 冬星(Winter)即格森星(Gethen),是勒古恩作品《黑暗的左手》中的寒冷星球。

名叫德洛丽丝的人

2010年10月

某个故事里的一句话一直在困扰我。这个故事由扎迪·史密斯（Zadie Smith）[1]所写，发表于10月11日的《纽约客》。故事以第一人称叙述，但我不知道它究竟是小说还是回忆录。许多人甚至都不再对此进行区分，回忆录采纳了小说的自由度，又不必承担想象力带来的风险，小说则宣称具有历史的权威性，却又不承担事实责任。在我看来，回忆录或"个人自述"中的"我"，与故事或小说中的"我"完全是两回事，但我不知道扎迪·史密斯是否也这么看。所以，在她借款给朋友但似乎未被偿还的故事尾声，我不知道她是作为小说中的角色在说话，还是作为自己在说话："第一张支票很快就来了，但栖身在一堆没拆开的邮件里，因为最近我雇了某个

---
1 英国女作家，著有《白牙》等。她的母亲是牙买加移民。

人来做这件事。"

我脑袋后面得理不饶人的编辑立即询问，你雇了某个人不去拆邮件？我让这个多管闲事的家伙闭嘴，但这个句子持续困扰着我。"最近我雇了某个人来做这件事。"哪里出了问题？好吧，我猜是"某个人"。某个人就是不重要的无名小卒。那个被雇来回复某个有名有姓之人邮件的无名小卒。

在这一刻，我希望这个故事是虚构的。如此一来，那个叙述者就不是扎迪·史密斯，因为她的语气听上去并不像一个对阶级和肤色偏见格外敏感的作家。事实上，它让我想起了院长的妻子（那时我还只是个低级助理教授的妻子），她在谈话中三句话不离"我的管家"，为她有一栋需要照管且需要管家来照管的豪宅而沾沾自喜。但那样很蠢、很天真，就像柯林斯先生不断提及"我的恩人凯瑟琳·德布尔夫人"[1]一样。"最近我雇了某个人来做这件事"，这种陈述听来更为刺耳。

不过那又怎样呢？一个非常成功的作家为何不能雇个助手并如实说出来呢？又碍着我什么了呢？

首先，当然是嫉妒。我嫉妒那些视雇用他人为绝对正义

---

[1] 柯林斯先生与凯瑟琳·德布尔夫人均为简·奥斯丁作品《傲慢与偏见》中的人物。

的人。我嫉妒自信,即使我不喜欢自信。嫉妒要和对正义的反对共存可太容易了。事实上,这两种肮脏的存在或许相互依存。

随后就是恼怒。"我雇了某个人来做这件事"暗含"理所当然"之意,根本没什么"理所当然"。但人们会这样想,而且这样说话就是鼓励他们这么想——这让我恼火。

这是一种普遍的幻觉:一位作家(一位成功的作家,一位真正的作家)不会亲自处理邮件。她有秘书来处理,还有助手、抄写员、研究员、顾问——天知道还有什么——也许在东楼还有个编辑藏身处,就像旧时英国房子里的司铎藏身处一样。

我想象着一个世纪前的作家大多有秘书吧。亨利·詹姆斯有,绝对的。但亨利·詹姆斯并不是你所谓的那类作家,对吧?

弗吉尼亚·伍尔夫就没有。

在我私下认识的作家中,只有一位有秘书处理邮件。在我看来,这似乎是功成名就才享有的特权,是让我望而却步的耀眼成功。同家人相处、完成工作,这些隐私是我的头等大事。因此一旦需要别人帮我回信,要说服自己我真的太需要帮助了,从而证明我雇用"某个人"、把陌生人带进书房、把自己树为老板是正当的,我发现我真的做不到。

我始终没办法把德洛丽丝称为我的秘书,这听起来太浮夸了(让我想到"我的管家")。如果不得不向陌生人提起她,我会说出她的名字,或者说"帮我处理邮件的朋友"。但我知道后一种措辞是我们应对内疚的委婉迂回的手段,是我们试图将人性重新引入雇佣关系的方式,无论程度如何轻微,雇佣关系都难免包含不平等,即捧高一方,踩低另一方。民主制度强烈否认不平等的事实,从而使得我们在很大程度上表现得好像它不存在,但不平等的确存在,我们对此心知肚明。所以我们的任务是尽可能限制权力的不平等,拒绝我们共同的人性遭到贬低,不管这种贬低是多么轻微,哪怕一次无心之言,哪怕一次对价值不平等的主张。我对雇人处理邮件的作家的嫉妒,以及对认定我有这种助手的人的恼火,其实都相当温和,但现在它们让我感到痛苦,因为我确实有"某个人",但我已经失去了她。

德洛丽丝·鲁尼,后来改名为德洛丽丝·潘德尔,是我的助手,也是密友。

大约三十年前,我终于鼓起勇气,遍寻一个有专业能力且谨言慎行之人帮我处理浩如烟海的信件。我们的共同朋友玛莎·韦斯特推荐了德洛丽丝,她们一起在某间办公室里做过秘书。彼时德洛丽丝正为一家舞团做代理。我们诚惶诚恐地试了试。

我从来没向任何人口述过任何内容（除了法语入门课程，课上你要用龟速而清晰的法语给学生念听写，学生则用龟速不准确地写下来）。德洛丽丝自学过速记，简直是速记奇才——我猜现在这项技能几近失传——她已经为诸多口述者记录过诸多口述内容。她指导我口头组织书信内容，不吝赞美地鼓励我，她是优秀的老师。而且她曾和艺术家、画家、舞蹈家共同工作并生活过，习惯于艺术家喜怒无常的特殊脾气，她自己也略有一些。

我们很快就开始顺利处理信件了，我也马上将她当成合作者，一起写信——我应该说什么、怎样说。那样听起来合适吗？——要是改成这样呢？——那个人给我寄了六百页的手稿，写的是金星上的精灵，我到底该给他回复些什么呢？——这人是个抱怨狂，你不用回复他……德洛丽丝总是比我更擅长友善地给怪咖回应，但她也意志坚定，鼓励我不要去回那些过于古怪或提出不合理要求的信件。她越来越善于回复不断有人提出的永恒问题，我只需要把信给她，说一声"《飞天猫》的构思"，整个故事，即我如何偶然想到有翅膀的猫，早已躺在她的电脑里了——不过，她会根据自己的心情和提问者的年龄稍作调整。她解释我现在为何不能亲自回信,从而拦截下疑难要求,这种时候她总能保持亲切优雅。她漂亮地替代了我。她很喜欢回复孩子们的来信,哪怕是那些老师要求孩子们写的机械式信件。她在精神上开放的善良与慷慨为我所有的来往信件赋予了一种特质,没有她的协同合作,这种特质就不会存在。

她每周最多过来一次,通常都是三四周才来一趟。我会处理最紧急的业务通信,任由其他邮件及粉丝来信堆积成山。她先于我拥有电脑,这大大减轻了她的工作负担。等我有了电脑后,起初并没有什么不同。但当电子邮件真正大行其道,我反而能自己处理所有实际事务了。不过德洛丽丝还是和我一起处理非紧急业务、读者来信以及我们口中的乞讨信:所有公众人物都会收到这种信,要求你做这个、捐那个,为这本书做背书,为那件事说好话,不一而足。尽管你不太可能回复同意,但这类信件多半出于好意,值得一个体面的拒绝。德洛丽丝以一切可能的方式说"不了,谢谢",总是礼貌得体。这帮我卸下了千斤重担。她说乞讨信虽然无聊,但五花八门,所以也很有趣。

至于粉丝邮件,读者们的来信一直都是写在纸上寄给我的,这是我控制邮件量粗暴但有效的方法。人们写给我的信永远令人惊叹——通常是用钢笔和墨水,如果是小朋友的话,还可能是铅笔、蜡笔、荧光笔或其他媒介,这些信给了我无与伦比的快乐与回报,不过也不绝不断。我很清楚,如果我试图通过网站或电子邮件阅读并回复这些信件,我绝对应付不来这个重担。但我始终觉得这样的信件值得有个回复,哪怕很简短。多年来,德洛丽丝在回复这些信件时都是我的无价帮手。

我们把彼此当成朋友,爱着对方,但在工作时间外并没有过多接触。她是个忙碌的女人:她很快就成了作家琼·奥尔(Jean Auel)的秘书,一周工作四天,而且她还是画家丈夫亨克·潘德尔(Henk Pander)的代理及经纪人;父母老弱患病时,她照顾他们,晚年时又收养并抚养她的孙女长大。我们的友谊主要在工作关系中表达。我一直很期待德洛丽丝到来,我们总是花去一半时间聊天叙旧。有一次,我被一个跟踪者吓到时,她和亨克给了我极大的即时支援。

随着岁月流逝,她似乎变得比以前更为羞涩,也离朋友们更远了,我不知道为什么。她告诉过我,她喜欢过来和我一起工作,因为我们可以一起开怀大笑。

她的电脑过时了,她的生活因各种问题而变得复杂,她的精力被过度消耗。她无法或者说不愿想办法帮我处理电邮往来，就像她曾经处理纸质邮件那样。那时，她会将口述的回复或建议一起从我这里带回家。于是我开始处理所有电子邮件和大部分信件，只把一些乞讨信，只需回复"不，谢谢你们"的信，以及只需表达感谢的粉丝来信留给她。

去年确诊患癌时，德洛丽丝生命中的喜悦已经肉眼可见地褪去了很久。一开始，癌症似乎是局部的且能够治愈，但结果证明是癌症转移。癌症在几个月内夺走了她的生命。病程晚期，有那么几周短暂而美好的缓和或者说缓解时期，那时我们能经常去看望她，如从前一般并肩大笑。而后残忍的疾病再次逼近。几个月前她去世了，她的丈夫温柔深情地陪在她身边。

我发现，谈论我深爱却已不在人世的人是那么困难。我现在无法对这位复杂而美丽的女性进行适当的致敬，或者说，比起致敬，我更怀念与她的友谊。

没有了她，我不得不放弃回复粉丝邮件的努力，至少暂时放弃。至于乞讨信，其中一些得到了回复，一些没有。我想我可以雇某个人去做这件事。

但是我对此表示怀疑。我无法全心全意投入其中。

不要鸡蛋

2011年7月

二十世纪五十年代初,我和查尔斯去了维也纳,我们住的是花费极少的老牌匈牙利国王酒店,这家酒店至少从十九世纪二十年代起就存在了。我们在附近的一家咖啡店吃早餐。总是同一家咖啡店,同样的早餐:好喝的咖啡、新鲜的水果、酥脆的面包卷配上黄油和果酱,以及一个半熟水煮蛋。完美。始终如一。每天早晨如此。

不知道为什么,有一天早上我突然有了变一下的念头,于是照做了。当那个身材高大的中年服务员穿着无可挑剔的黑西装来到桌边时,我示意还要平常的早餐,但不要鸡蛋。

他似乎没明白,考虑到我的德语水平,可以理解他的费解。我重复了类似"Kein Ei"或者"Ohne Ei"的发音。

他回得很慢,语气震惊:"Ohne Ei?"

让他困扰了,而我冷酷无情。是的,我说,不要鸡蛋。

他沉默地站了好一会儿,试图应对这份震惊。很显然,他强迫自己不要恳求,或极力主张,抑或表明他不赞同。他是一名服务员,一名训练有素、业务精练的维也纳服务员,必须遵从最执拗的客户。"不要鸡蛋,夫人。"他轻声说,几乎不含责备,然后走开去为我拿没有鸡蛋的早餐。他带着沉痛的肃穆端来早餐,放在了我面前。

我们仍会笑着回忆起这桩近六十年前的小插曲,但它之所以活在我的记忆中,也是因为我有一丝愧疚。首先,1954年,在维也纳,鸡蛋意义重大。那座城市刚刚走出非常糟糕的时期。它仍处于被占领状态,被美国、英国和俄罗斯的军队分割。大教堂已然重获生机,被炸成瓦砾的歌剧院正在重建,但破坏与摧毁随处可见,大街上,人们的面孔与身体清晰地反映出物资匮乏的影响。在一座经历过饥荒的城市,食物供给绝非小事。

而且,我还蓄意且毫无必要地打乱了那个服务员的宇宙秩序。维也纳咖啡店的早餐是一个小小的宇宙,但它稳定、有序、完善。最好不要改变已然至臻卓越的事物。而且,要求一个终其职业生涯都在维护这份卓越的人去损害它,去做一些在他看来明显错误的事,这是不善良的。毕竟,我完全可以让他把鸡蛋拿来，只要不吃就好了。他过于擅长自己的工作，以至于不会注意这些，只可能温和且满腹同情地想"夫人今天早晨没有食欲吗"。有一个鸡蛋且不吃掉它，这是我的特权。拒绝他把鸡蛋拿来，是干涉他的特权，而这份特权就是给我端来一份完整像样的维也纳咖啡馆早餐。每当想起这件事我还是想笑，也仍旧感到一丝内疚。

几年前，我开始每天早餐吃一个半熟水煮蛋，一成不变，事实上就是吃了一顿维也纳咖啡馆早餐，自那时起，我的内疚感与日俱增。

我弄不到那种可爱、轻盈又酥脆的欧洲面包卷。（为什么这个国家的面包手艺人认为面包皮就得又厚又硬呢？越是像皮革，就越有手工艺感？）但是托马斯的英式松饼相当不错，所以我吃这个，配上茶、水果和三分熟的水煮蛋，像在维也纳一样，从蛋壳里挖着吃。

为了做半熟水煮蛋，我会把蛋放在一口小锅里，没入冷水，高火煮至水沸，然后立刻关火，翻转煮蛋计时器（一个三分半钟的沙漏），开始烤英式松饼。沙子漏完就把蛋从水里取出，放进蛋杯。

如你所见，其中囊括一定的小心和仪式感，这就是我想谈论的，也是为什么蛋杯很重要。

如果你敲开一颗半熟水煮蛋后把它倒进碗里，味道一样，但又不一样。太容易了，太无聊了。可能还不如全熟水煮蛋。半熟水煮蛋的意义在于吃它的难度、所需的注意力和仪式感。

所以，你要把刚刚煮好的蛋放进蛋杯。但不是人人都熟悉蛋杯。

在这个国家，蛋杯通常是沙漏状的，一端的凹槽或碗大于另一端。小的那端刚好可以放下鸡蛋。你可以用这一边从蛋壳里挖蛋吃，但大多数美国人会取出蛋，翻转蛋杯，敲开鸡蛋，倒进大一点的碗里，搅拌然后吃掉。

英国和欧洲的蛋杯则没有提供这个选择。他们没有大碗，只是一支小小的矮脚瓷杯，很像高脚杯，鸡蛋就端坐其中。你别无选择，只能从蛋壳里吃。这就是事情变得有仪式感且有趣的地方。

你把刚刚煮好的鸡蛋放进蛋杯——但哪一端朝上呢？鸡蛋并非完美的卵形，它们一头小一头大。至于哪一头该朝上，换言之，你实际上要从哪一头开始吃鸡蛋，人们对此各执己见。这种观点相左可以变得异常激烈，甚至能打一仗，正如我们从乔纳森·斯威夫特[1]那里看到的。这和大多数战争、

1　乔纳森·斯威夫特（Jonathan Swift, 1667—1745），英国作家、政论家，代表作为《格列佛游记》。

大多数异见一样，都没什么道理。

我是"大头朝上派"。我的观点是，如果大头朝上，当你用刀果断一击，敲掉鸡蛋顶部的壳后，会比较容易把勺子伸进开口，对此我誓死捍卫。或者也可能——这又是一个重大决定，又一个备受争议的问题，有拥护者也有反对者，有正义一方也有非正义一方——你可以在距离鸡蛋顶部约一厘米处，用刀敲上一圈，然后沿着你敲出来的环形裂隙，小心翼翼地卸掉蛋顶的壳。

有些早晨，我一击即中。有些早晨，我轻敲一圈。对此我没什么想法，完全取决于心情。

但有些仪式元素不容选择。刀必须是钢质的，因为鸡蛋中的硫黄会让银变黑。鸡蛋勺也绝不能失去光泽——得是不锈钢的或牛角的。我从未见过金蛋勺，但我相信金的也可以。无论什么材质，勺子必须得是细边的，厚边没办法把所有的蛋白从壳里刮出来。勺柄要短，以便保持平衡，易于操作。一如维也纳早餐，蛋勺是个没有改进余地的小工具。像所有好工具一样，它因单一的针对性而令人愉悦。它只做一件事，但做得完美，而且没有别的东西能做到。试图用普通勺子从蛋壳里刮鸡蛋吃就好像用锤子修腕表。

蛋勺唯一的美中不足是太小，容易弄丢。牛角勺要大一点,但女儿送我的美丽牛角勺最终还是磨损了,边缘变糙,变毛躁了。替换成了问题,因为大多数美国人并不从蛋壳里刮鸡蛋吃,这个工具已变得稀有,不太好找。只要看到一个,我就会买下来。我现在用的蛋勺是不锈钢的,勺柄上有KLM几个字母。我不打算详述我们是怎样拥有这把勺子的。

你看,我所说的困难就是这个意思。从蛋壳里刮鸡蛋吃不仅需要实践,还需要决心甚至勇气,甚至还可能需要干坏事的意志。

如果你处于一击即中的心情,刀敲在蛋壳上的第一下就是关键。在合适的地方,对优质蛋壳果断敲下去,就能干净利落地将鸡蛋一击斩首——这是理想情形。但是,有些蛋壳脆弱易碎,有时你的瞄准可能会踌躇或失误(毕竟,这是你在早餐前要做的事)。如果你敲的位置过高,开口就不够大;位置太低,就会戳进蛋黄,但你还没这个打算。所以你可能会选择轻敲而非猛击——毫无刺激可言,但更能控制结果。

现在,你已经打开了鸡蛋。你径直把勺子插下去,但动作不能太大,不然蛋黄会涌出来,顺着外壳往下流,那就浪费了。煮了三分半钟的鸡蛋白刚刚凝固,而蛋黄已经变稠,足以成为蛋白的美味金色酱汁。你的任务是好好混合两者,这样在每一小勺中,你都能品尝到蛋黄与蛋白的平衡,并且不会破坏你正用来吃蛋的脆弱小碗,也就是蛋壳。这需要注意力。

注意力越是集中,你就越能真正品尝到鸡蛋。

现在可能已经很清楚了,这整篇博文都是对一心二用的微妙反对,是对一心一意的赞歌,诚如《圣经》所言:"要尽力去做。因为在你所必去的阴间,没有工作,没有谋算,没有知识,也没有智慧。"

那里也没有早餐。坟墓里没有鸡蛋。

新鲜半熟水煮蛋的风味极其微妙。我喜欢在煎蛋上撒盐和胡椒,但水煮蛋上什么也不加。它本身就足以令人满意。如果有一点英式松饼上的黄油掉进去,那也不错。

每天早晨的半熟水煮蛋体验相同又从不相同。它始终有无止境的趣味,而且始终美味。它为你提供一剂高质量蛋白质。谁还能有更多要求呢?

当然了,我很幸运:我能从合作社买到来自本地农民的无毒害鸡蛋,他们没有将家禽关在容易出现传染病的场所,也不喂食腐肉。这些鸡蛋是棕色的,外壳结实,蛋黄橙红,不是在肮脏与痛苦中度过一生的母鸡所产下的脆弱苍白的蛋。俄勒冈州立法机关最终禁止使用家禽饲养笼,令人欢呼——但禁令将在2024年生效，又不值得欢呼。那些控制我们生活的游说团体坚持要那些虐待、粪便和疾病持续十三年之久。我无法活着看到鸟儿们获得自由了。

饥饿圣母

2011年10月

本周，我参观了一座大教堂。它坐落在离波特兰机场不远的一个工业/小型企业/住宅混合区，对大教堂而言是个奇怪的地方。但教堂里会众极多，人头攒动，不仅在周日，一周里的每一天都人满为患。

教堂很大。巴黎圣母院占地约六千平方米，这座教堂的占地面积近乎翻倍，有一万平方米，整整占了两个街区（而且它的扩展部分及附属建筑跨河而过，占地近九千平方米）。

巴黎圣母院有塔楼，要高得多，用刻满圣徒与滴水兽的石头垒筑而成，古老而美丽。而你走近这座教堂时，只会觉得平平无奇，部分原因是附近有建筑物，你无法真正看清它，另外的原因则是，它并非为了庆祝或体现精神崇拜而于许久前建造，而是为了特定的实际目的，最近才紧急建成。不过，我还是不会低估其建造过程中存在的大量精神元素。

从外面看，它就像个天大地大的仓库，但并不像沃尔玛之类没有窗户的大型消费主义城堡那样散发着怪异的恐吓气息，形同堡垒。当你步入其中，就会看见大教堂。高大通风的门廊率先引领你穿过一段优雅的石砖地，四处散落着小巧的青铜装饰，经此来到一片满是办公室和小房间的区域。多数教堂都把行政部门藏起来，这座教堂却把它放在最前面。墙壁是浅色的木头，一切都那么宽敞，令人赏心悦目。就像巴黎圣母院高高的中堂，惊人的木质天花板由钢架高高撑起，高耸在地面一切渺小的人类活动之上。在古老的大教堂里，高度创造出一片恢宏、神秘、笼于顶上的阴影空间，这片穹顶下方的空间却是亮堂堂的。

在进入内部前，都不算是真正的大教堂，进来之后，我才明白他们为什么要把天花板建得如此之高。那里本应存在，此刻也的确存在通往神圣空间的大门。而且正如神圣空间能做到的那样，第一眼就令我屏息。我静静伫立，想起了"敬畏"这个词的含义。

站在门口，就可以看见这栋巨大建筑的大部分内部区域，或者说，若不是满地的板条箱、纸箱和货柜大量堆积，一摞摞、一堆堆高耸如山，就能够将这里一览无余。这些物品按照严格的顺序排列，每一堆或每一个存货区之间都有一条宽敞通道。唯有在通道上，你才能看到远处的墙壁。这里没有永久性的墙壁或隔断。恢宏壮丽的悬臂式天花板安详地横亘在一切之上。空气凉爽、清新、洁净，带有一丝丝果蔬的味道，像新鲜蔬菜。车辆在通道中无声来回，大概是微型叉车之类，在这一块块、一堆堆的高大障碍物之间，显得格外袖珍，它们一直忙于移动板条箱和纸箱，运进来，送出去。

好吧，这不是一座大教堂。那只是个比喻。说到底，这里只是个仓库。

但究竟是什么样的仓库不存储任何用于售卖的东西呢？一样都没有，以上所有（字面意义上的"所有"）货物，没有一样出售，将来也不会出售。

实际上，这里是银行。但不是那种除了钱还是钱的银行。

这里是与钱无关的银行。

这里是俄勒冈食品银行。堆叠在通道之间的大方块，其中每一个箱子、每一个塑料盒、每一个罐子、每一个瓶子、每一个板条箱，都装满食物。每个塑料箱、每个罐子、每一斤、每一两食物都将被赠予没有钱购买生活必需品的俄勒冈人民。

这里终究还是一座大教堂。饥饿大教堂。

或者，我是不是应该说慷慨大教堂？同情大教堂，或者社区大教堂、博爱大教堂？都一样吧。

有人需要帮助。

有人拒绝承认，他们说天助自助者，贫穷和失业的人只是游手好闲的懒虫，靠吮吸保姆政府的奶水过活。

有人不否认贫困，但不想了解它，因为它太可怕，你又能做什么呢？

也有人提供帮助。

这类人是存在的，这地方就是我见过的最撼人心魄的证明。他们的存在，他们的效率，他们的影响力。这个地方体现了人类的善良。

当然，是以最不精神化、最卑微、最单调甚至最粗俗的方式来体现的。在数千罐青豆中，在堆成高塔的通心粉盒子中，在存放新鲜采摘的蔬菜的木箱中，在冷藏肉类和奶酪的冰箱中……在那数以百计的塑料盒里——盒子上贴着不知名啤酒的怪诞名牌，都是啤酒商捐赠的，因为啤酒箱特别坚固，非常适合装食物……那些男男女女，他们是员工和训练有素的志愿者，他们操作机械，伏案办公，把生鲜食品分类打包，在食品银行的课堂、厨房和菜园中传授生存技能，驾驶卡车把食物运进来，也驾驶卡车将食物送到需要它们的地方。

仓库里的每一个存货区都有五千至八千千克的食物，这些高耸的食物墙、食物街区、食物礁石将会消失，在今晚或几天之内如沙堡般烟消云散，并将立刻被补上来的食品取代，都是装在盒子里、罐子里、玻璃瓶里，或新鲜或冷冻的食品，而这些食品又会在一天或一周内逐渐消失，去往需要它们的地方。

那些地方就是每一个地方。食品银行配送到俄勒冈州的每一个县，外加一个华盛顿的县。他们用不着花大力气去寻找需要帮助才能吃饱饭的人。

一开始，哪里有孩子，就送到哪里去。在我们的乡村、城镇和都市，许多学龄儿童每天吃不够三顿饭，甚或连两顿都没有。很多人往往都不能确定今天到底能不能吃上东西。

有多少这样的孩子呢？大约占儿童数量的三分之一。每三个孩子中就有一个。

这么说吧，如果你或我是被统计在其中的家长，家里有三个被统计的孩子在上学，三个孩子里就有一个会饿肚子。营养不良。早上也饿，晚上也饿。那种饥饿会让孩子总觉得冷。让孩子变蠢。让孩子生病。

我们的哪一个孩子……哪一个孩子……？

树

2011年1月

今天早上我们把圣诞树拆了下来。那是一棵很漂亮的小冷杉,一米或一米二左右高,乔氏超市旁边那家花店的女士说它是一棵桌面树,我们就是在那里买的。我们把它放在客厅角窗下的木头箱上,我坚信圣诞树要能从窗外看到,也得能看到外面。严格来说,我不认为树能看见,但它或许能意识到光明与黑暗、室内与室外。不管怎么看,它都与高远的天空相映成趣,透过树枝看出去,视野棒极了。在进行装饰前,它就立在那儿,结实、质朴的深绿色,一个复杂的高等生物,是房间里非常醒目的存在。之前拥有人造树时,它的毫无存在感让我意识到我对活树的感觉,不仅仅是对壮观、庞大、高耸的圣诞树的感觉(我小时候,以及我的孩子们小时候,都有过这样的圣诞树),小一点的树也是一样——它在房间里的存在感和人或动物一样强。一种静止的存在，一言不发，但就在那里。或许是个来自挪威的沉默访客。不会说英语，毫无要求，除了每隔几天喝点水外什么也不需要。令人平静，赏心悦目。它体内贮存着黑暗，属于森林的黑暗，就在那平静、笃定、毫不费力向外延伸的绿色手臂之中。

我们的挪威访客稍微有点向屋里倾斜，我们没法用固定在底座上的螺丝钉让它完全横平竖直，不过压根儿没人能从侧面看到它，它立在写字台和书架之间，所以我们不太担心。它特别对称，没有被绿篱修剪机剪掉半边的树枝尖，很多树都会被这样修剪。显然它是专门用来卖的树。我在它身上看到的森林，它却从未身处其中。它很可能是种在离胡德山不远的某个斜坡上，和其他成百上千棵年轻冷杉一起排成一列，是我们的农田上最为沉闷的景象之一，几乎和砍伐一空的林区一样被扼杀了灵魂。这往往是小农户被农业综合企业排挤而放弃种植作物，或非农业者为了减免税收而申请种树的标志。我们的树尚不知晓森林为何物，但它依然是一棵林木。它熟悉雨水、阳光、冰雪、风暴，熟悉所有的天气、所有的风，毫无疑问，它也见过白昼里的一些鸟儿，还有深夜里的星星。

我们把灯挂在树上，把尾巴像老鼠一样的老旧金鸟放在树顶。那些小小的金色玻璃蜗牛壳饰品是1954年时为了那棵半米高的圣诞树在巴黎买的,整整一打,还有一打金色的玻璃胡桃———一颗放在左边,然后放九个蜗牛壳,其中一个脆弱如纸的壳上还有个洞——继续装饰最上面的树枝,因为胡桃很小,没什么重量,放在那里可以看到。大一点的玻璃球往下放,有些实在太旧,有了裂纹,磨成了半透明状。越大的装饰物就得放得越低,这是生活里的规则。小野兽们,老虎、狮子、猫咪、大象,用绳圈挂住,垂在树枝上;小鸟们用不牢固的钢丝爪子牢牢抓住树枝,端坐其上。时不时就会有只鸟松动,被我们看到时倒挂在树枝下方,那就得重新复位。

树看起来真不错,一棵当之无愧的圣诞树,只是LED灯对它而言真的太亮了。灯很小,但很狂暴。老式的磨砂灯对这棵树来说又太大,但那些灯其实更适合它,光线柔和漫射,可以藏于枝丫间。有些LED灯的颜色真的很难看,最糟糕的就是一惊一乍的洋红色。洋红色和圣诞节或其他物件有什么关系呢?如果可以的话,我会把所有洋红色和机场跑道蓝色的灯都拿下来,换成绿色、红色和金色,但灯串自带五种颜色,似乎不售卖替换灯,你必须得买一整串新灯带,而新灯带当然会有同样的五种颜色。我用纸巾做了一些小管子,把它们套在瞪大眼的小灯泡上,不过效果不明显,看起来还有点劣质。但我还是把它们留在了上面。

圣诞节如期而至,每一天、每一晚树都在发光,直到我睡觉前拔掉插头。我知道真的没必要把灯关掉,LED灯不怎么发热,但安全归安全,习惯归习惯,而且无论如何,不让一棵树拥有黑暗似乎是错误的。有时,拔掉插头后,我会站在边上看它,漆黑的房间盈满沉默与黑暗,唯一的光源就是树后的电子小蜡烛,照亮窗户上的"和平"字样。蜡烛的光线穿透树枝和针叶,在天花板上投下微弱、盘根错节的影子。黑暗中,树散发出可爱的气味。

圣诞节过去,新年来临。过了元旦,我说我们得把树拆掉,于是就拆了。我希望在取下灯串与饰物后能再多留它一天。我实在是太喜欢没有任何装饰的树了。我不想失去房间里那不言不语的存在,它甚至都还没开始掉针叶。但阿提克斯不是那种喜欢折中的人。他把树带到花园里,做了必须做的事。

他告诉过我,每当他父亲要杀掉亲手饲养了一整年的猪时,就会雇别人来动手,自己则离开家,在香肠做好前不会回来。但阿提克斯会亲自上阵。

毕竟,这棵树本就已经切断了根部,它和我们共度的时光不过是缓慢的死亡。一棵真正的圣诞树、一棵被砍下的树,就是一种仪式性的牺牲。最好不要否认这一事实,要接受并思考它。

他为我留下了一些黑色的树枝,放在前厅的水碗里。等树枝干透以后,就能成为很好的柴火。也许下个圣诞节就能用上了。

楼上的小马

2011年1月

平安夜前夜，我们全家都在森林中，我的女儿女婿和三只狗、三匹马、一只猫住在那里。他们中的三名成员住在山顶的马厩和牧场里，五名成员住在山脚下的原木风小房子里，还有一名独树一帜的成员，独自在有电热毯的工作室小屋里生活，冬天，她只在去树林里捕老鼠时才会离开小屋。那天下午阴雨连绵，一如整个12月的天气，所以大家都在屋里，厨房、客厅、餐厅里挤满了人，年纪最大的八十三岁，最小的两岁。

两岁的莱拉和妈妈以及继姨母从加拿大过来。我们中有七个人是下午来的，有六个人本就住在那里——主人在楼上，多伦多人在书房，一个身强力壮的人在拖车外面。（工作室里没有床，咪咪也不会分享她的电热毯。）狗狗们无拘无束地在我们之间来回逡巡，有很多好吃的东西，让它们兴致盎然。对莱拉这样年纪小的人来说，房间肯定显得特别拥挤、特别吵闹，满是不认识的人和奇奇怪怪的事，但她用明亮的眼睛与甜美的平静接纳了这一切。

那天早上，趁着雨停了一小会儿，她和女士们一起走上又长又陡的车道，到马厩和马场去。她们和漂亮的冰岛马珍珠一起玩，还有汉克，它孔武有力地站着，足有十掌高，确信自己身为这片场地里唯一一匹马（而不是母马）的权威。莱拉坐在马鞍上，卡沃兰姨妈坐在她后面，两人一起骑着麦乐迪，那是一匹善良聪慧的截牛老马。莱拉特别享受她的骑马课。麦乐迪加快步伐，莱拉上下颠簸，起起伏伏，轻轻唱着"踏！踏！踏！踏！"，在马场里绕了一圈又一圈。

那天下午，在屋子里，人们正七七八八地聊天时，突然有人说，一不留意，天就要黑了。另一个人说"我们最好尽快上去喂马"。

莱拉听了进去。她两眼放光，转向妈妈，用充满希望的声音小声问："马在楼上吗？"

她的妈妈温柔地解释说马不是在阁楼上，而是在山顶的马场上。莱拉点点头，可能有点失望，但她接受了。

而我顺着她的问题，会心一笑，思考起来。

这个问题既迷人又合乎逻辑。在多伦多，在两岁孩子有限的世界里，当有人说要去"上面"，指的几乎总是"楼上"。

对莱拉而言，这个原木墙壁的房子，虽然不是真的很大，但非常高，看上去肯定是个庞然大物，像迷宫一样，难以预料，有门、楼梯、地下室、阁楼和走廊，出乎意料的东西一应俱全，因此你可以从一楼的后门进来，穿过房子，走下一段长长的台阶，再来到一楼……莱拉很可能只上过一次通往卧室的阁楼楼梯。

任何东西都可能在那些楼梯上。麦乐迪、珍珠和汉克会在那儿。圣诞老人会在那儿。上帝会在那儿。

一个孩子如何应对一个总有新东西冒出来的广袤世界呢？能做的她都竭尽所能，做不到的她也不去烦恼，直到不得不去做。这就是我的儿童发展理论。

我写过一个短篇故事，整个故事都是真实的，写的是去加利福尼亚北部海岸的红树林里开会。我丝毫不曾觉察我去过那地方，见过那些木屋、那条小溪，直到有人告诉我，我才意识到确有其事，有两个夏天，我都在那里度过了紧张激烈的两周，那个地方就是高密林，是我和朋友们十三四岁时去的夏令营基地。

在那个年纪，要记住高密林的位置，我能充分注意到的显然只有我们都上了公共汽车，往北开了好几个小时，这几个小时的路上我们一直在聊天，然后下车，就到了。哪里都一样。我们就在那里。有小溪、小木屋、巨大的树桩、黑漆漆的参天大树，还有我们，还在聊天，还有马。

哦，对了，那里也有马。我们就是冲那个去的。在那个年纪，这件事才重要。

那时我还是个孩子，多亏一幅美国地图的木质智力拼图，让我确切知道了各个州的位置，也上了足够的地理课，对大陆和国家的概念有所了解。我知道红树林乡在伯克利北边，因为九岁那年，父母开车带我和哥哥去过那边的海岸，父亲总是很清楚方向。

这就是十四岁时我对高密林究竟在哪儿的全部了解，也是我想知道的全部。

我震惊于自己的无知，但这种无知自有逻辑。毕竟又不用我去开公共汽车。我是个孩子，总被大人们带来带去，孩子们都是这样的。就我当时的需求而言，我对世界有充分的认知，对我所处的位置有充分的理解。

难怪孩子们总是会问："我们到了吗？"因为他们已经到了。只有那些手忙脚乱的父母还没到，事物之间遥远的距离是属于他们的，他们必须开车，开车，开车，才能到达目的地。对孩子来说,这毫无意义。也许这就是为什么他们看不到风景。风景恰好就位于他们的所在地之间。

学习如何居住在事物之间,整理好事物之间的关联,理解其意义,这需要数年时间。

它很可能也需要属于成年人的怪异的人类思维模式。我认为动物所处的地方同小宝宝如出一辙。哦,它们了解不同地点之间的路,多数都知道(小宝宝却不知道),而且比我们更了解——马肯定知道,只要它们从那里走过一次。蜜蜂,只要有另一只蜜蜂把位置舞给它们看就可以。燕鸥翱翔在无路可寻的海上……从这个意义上说,知道路就是始终知道自己身处何方。

十四岁时,除非身在一个相当熟悉的地方,否则我基本不知道自己在哪里。比莱拉知道得多一点,但也没强多少。

但十四岁时,我知道马不在阁楼的卧室里。我知道圣诞老人不在北极。而且我正大量思考上帝有可能在哪儿。

孩子们必须相信别人告诉他们的事。愿意相信对于孩子们来说就像婴儿的吮吸本能一样,必不可少:为了活下去,为了长大成人,孩子们有太多东西要学。

具体的人类知识主要通过语言传授,所以我们必须首先学习语言，然后听取他人告知我们的事并对此深信不疑。应当始终允许孩子们去测试信息的有效性，这一点有时甚至颇为必要，但也可能危险重重：小孩最好不要测试就相信炉具就算没红，也能烧伤人；吃了奶奶的药就会生病；跑到街上不是个好主意……总之，有太多东西要学，不可能全都检验一遍。我们真的得相信长辈的告诫。我们可以亲自感知，但如何根据切身感知采取行动，对此我们几乎没有本能知识，我们需要他人向我们展示应对世界的基本模式，以及如何在世上找到自己的路。

因此，真实信息的价值无法估量，对孩子撒谎则是不可原谅的错误。成年人可以选择不相信。但一个孩子，尤其是你自己的孩子，没有这个选择。

一个情景：莱拉没有满意地接受这个信息，而是开始绝望哭号，坚持说："不，马就在楼上！它们就在楼上！"一个心软的大人笑眯眯地柔声道："是的，亲爱的，马就在楼上，都在床上蜷着呢。"

这是一个谎言，尽管只是个傻傻的小谎。孩子什么也没学到，却确认了一种与人类存在相关的误解，她总有一天要在某个时候，以某种方式去认清它。

"上"意味着上楼梯、上山，以及上其他许许多多的地方，它的含义可能取决于你当下的位置,这是重要信息。在学习将不胜枚举的含义纳入考量范畴时,一个孩子需要她能得到的一切帮助。

当然,说谎不同于假装。莱拉和一个大人可以兴致盎然地想象马在卧室里,汉克霸占着所有毯子,珍珠在踢它,麦乐迪则说,干草在哪儿呢?但为了让想象力发挥作用,孩子必须知晓,马实际上是在马厩里。从这层意义上来说,只要我们知道什么是事实,就必须首先做到实事求是。孩子一定要能够相信他人说的话。我们必须以诚实来尊重她的相信。

我提到圣诞老人是有原因的。我们对待他的方式一直都让我感到别扭。我们家有圣诞老人(事实上,我母亲写了一本很可爱的童书,讲的是加利福尼亚的圣诞老人让他的驯鹿吃新鲜的冬苜蓿)。在我小时候,我们阅读《圣诞前夜》,把牛奶和饼干摆在壁炉旁,第二天一早它们就会消失不见,我们都很享受这一切。人们热衷于假装,热衷于仪式,而且需要两者。两者都不是反事实的。圣诞老人是个古怪、离奇、公认善良的神话——一个真实的神话,深深根植于我们唯一保留的重大节日的仪式行为中。因此我尊重他。

和大多数小孩一样,在人生早期,我可以区分"假装"

与"真实",这意味着我知道神话与事实不尽相同,并且隐约对两者之间的无人区有所察觉。在我能够回忆起的任何年龄段,只要有人问我"圣诞老人是真的吗",我想我都会感到困惑且尴尬,满脸通红,生怕我回答的是错误答案,我说"不是"。

我的父母真实存在,圣诞老人并非以同样的方式存在,我不觉得这样想就错过了什么。我还是可以留心倾听驯鹿的蹄声,不输给任何人。

我们的孩子们也有圣诞老人;我们读诗,为他们留下牛奶和饼干;他们的孩子们也依样画葫芦。对我而言,这才是关键——尊重这种联结仪式,这一随时间流逝而不断重现并传承的神话。

当我还是个孩子,而其他孩子开始谈论自己何时发现了圣诞老人的真相时,我始终沉默。质疑并不讨喜。之所以现在开口,是因为我已经过了讨人喜欢的年纪,但听到人们——成年人!——哀悼自己发现圣诞老人并不存在的那一天有多糟心,我还是深表质疑。

对我来说,糟糕的不是"信仰的丧失"(一般都是这样来描述的),糟糕的是强迫孩子们相信或假装相信一个谎言,以及刻意将事实与神话、真实情况与仪式符号混为一谈时,因为内疚感过载而出现的思维短路。

也许，人们悲痛的并非失去信仰，而是意识到你信任的人希望你相信他们根本不信的东西，或者意识到在失去对我们胖胖的、可爱的圣诞老人的真正信仰时，人们也失去了对他及他所代表的一切的爱与尊重？可是为什么呢？

我可以由此出发，继续沿几个不同的方向讲下去，其一是政治。就像一些父母操纵孩子们的信仰（哪怕出于善意）一样，有些政治家也多多少少利用了人们的信任，说服他们接受一种被刻意鼓励的混淆，即将实际情况与不切实际的愿望、将事实与象征混为一谈。比如说，第三帝国，抑或政治家口中的"大功告成"。

但我并不想说到那里去。我只想深思楼上的马。

我看不出信仰本身有什么价值。它的价值随着实用性而增大，随着被知识取代而减小，当它有害时，价值就变为负面的。在日常生活中，对信仰的需求随着知识数量与质量的增加而减少。

在知识缺席的领域，我们需要信仰，因为那是我们唯一的行动依据。在我们称为宗教或精神的整个领域，只能依据信仰来行动。在那里，信仰或许会被信徒称为知识："我知道我的救世主活着。"这很公平，只要我们在宗教之外，公平地维护并坚持两者的不同就行。在科学领域，信仰的价值为零或为负，唯有知识才具备价值。因此，我不说我相信二加二等于四，或相信地球围绕太阳旋转，而是说我知道。因为进化是不断发展的理论，我更愿意说我接受它，而不是我知道它是真的。我想，在这个意义上，接受就是信仰的世俗等价物。它当然可以为心灵与灵魂提供源源不绝的滋养与喜悦。

有人说如果失去宗教信仰，他们就无法生存，我愿意相信他们。当我说如果失去了我的智力，如果我在混乱中摸索，无法分辨真实与想象，如果我失去自己掌握的知识与学习能力，我死的心都有，我希望他们也相信我。

看到一个只在这个世上生活了两年的人在寻找并发现自己的道路，对他人全心信任，而她的信任得到了真相作为回报，她也接受这个真相，真是赏心悦目。这件事带给我的最大感想就是，在出生日与离世日之间，我们竟然学到了那么多东西，真是令人难以置信——从马儿住的地方到星辰的起源。我们在知识上是多么富有，周围的一切都在等待我们去学习。我们都是亿万富翁。

首次接触

2011年5月

我见过很多响尾蛇,还吃过煎响尾蛇,但我只同活着的响尾蛇有过一次接触。虽然"接触"并不是我真正想要的词——它是比喻,而且不准确。我们并没有触及彼此。或许算是一种交流,尽管非常有限。恰如外星物种之间的交流,或许注定是这样。

我经常把这个故事讲成喜剧,一个人们行事荒谬的圆满故事。故事如下。

我们在纳帕山谷的老牧场,我正要往一把1932年的铁艺躺椅上坐(小心翼翼,因为你要是坐得太靠后,这笨重的家伙就会整个立起来,像野马那样把你扔下去),这时我听到了一阵响动,并识别了出来。那是第一次交流。那动静是响尾蛇的尾巴在嗞嗞作响。它被我的动作吓到,正往高草丛里退，窸窸窣窣地逃开。在四米五开外，它回过头来，看见我在看它，于是就停在了那里。它仰头直面我，目不转睛地凝视我，一如我目不转睛地凝视它。

我呼叫查尔斯。响尾蛇没有注意到。我相信它们是聋子。我猜它们"听"自己的尾巴时，听到的是身体的震动，而不是空气的震动。

查尔斯出来了，我们讨论了一下状况——并不冷静。我说："如果它跑到那边的高草丛里，那我们待在这里的时候，就永远都不敢去牧场。"

我们认为必须杀死这条响尾蛇。一般在乡下，在小孩子们经常过来到处乱跑的地方，你就是会这么做。

查尔斯拿来那把又大又沉的长柄锄头，我父亲称之为葡萄牙锄，有人用它杀死过响尾蛇。但不是我们。查尔斯走到足够近处，准备发动攻击。

响尾蛇和我始终注视对方，一动不动。

查尔斯说："我办不到。"

我说："我也办不到。"

"那我们该怎么办？"我们异口同声。

响尾蛇很可能也在思考同样的问题。

"去看看丹尼斯在不在？"查尔斯说。

我说:"我认为,只要我们保持对视,它就不会动,你去吧。"

于是查尔斯沿着车道走上去,顺着路走了几百米,去找我们唯一的近邻——卡泽一家。这花了些时间。而在那段时间里,蛇和我都没动,并坚定直视对方的眼睛。人们说蛇的凝视能催眠,但究竟是谁在催眠谁呢?

我们就像初陷爱河的人一样,"无法将目光从对方脸上移开"。这并不是爱,但同样强烈,甚至更加生死攸关。

我估计只有五六分钟,撑死十分钟,但多年来,我一再想起这段短暂的时间,总是生动如昨,并且总有一种很重要的感觉,或者别有深意——觉得自己可以从中学到很多东西。

在这段时间里,响尾蛇同我单独相处。整个世界只有我们。我们被共同的恐惧联结在一起,建立了纽带。我们被咒语定住了——出了神。

这段时间超出了普通时间,超出了普通感觉,它涉及我们双方面临的危险,涉及无论如何都没有关系也无法相互关联的生物之间的纽带。任何一方都会理所当然地避免建立这种联系——只想逃跑,或出于自卫杀死对方。

从这些方面来看,我认为把这段时间视为神圣的没什么毛病。

神圣性与喜剧性之间其实没那么大距离,在这一点上,普韦布洛印第安人似乎比我们大多数人都更明白。

查尔斯和丹尼斯气喘吁吁地沿着车道跑下来,拿着一个大大的镀锌垃圾桶和一根约四米五长的白色半硬质塑料管。丹尼斯拿着管子,他知道该怎么做,因为之前做过。他是个杰出的童书绘者及作者,一年四季都待在山谷中。他的房子在一个漂亮的小庄园里,落成之前,我们常常叫它"响尾蛇空地"。

蛇一直看着我,只看着我,我也只看着它,与此同时,丹尼斯把垃圾桶侧放在地上,桶口对着蛇,离蛇大概六米远,蛇可以清楚地看到。随后他悄无声息地绕到蛇背后,保持那根管子那么长的距离,他轻轻一弹管子的一端,将其靠近蛇头。这个动作打破了魔咒。我从蛇身上移开目光,看向管子,蛇也从我身上移开目光,去看管子,然后落荒而逃,游动着逃离身后那在空中弹来弹去的东西,并径直冲向迎接它的漆黑洞穴——垃圾桶。它径直游了进去,查尔斯冲过来立起垃圾桶,拍上了盖子。

垃圾桶里上演了一场强力而愤怒的骚乱。它颤抖,震动,几乎跳起舞来。我们肃然起敬,聆听回音室里真正被激起的响尾蛇的愤怒。它最终还是安静了下来。

"现在怎么办?"

"只要放到离房子够远的地方就行。"

"这条路的尽头住着个大富豪,"丹尼斯说,"我在那里放走过好几条蛇。"

真是令人愉快的想法。那位大富翁从未现身,他那片美丽的小山顶无人居住。绝佳的响尾蛇领地。三个人和垃圾桶都上了车,沿着路开上去,一路上桶里的蛇都以低低的咝咝声进行恶毒的批评。在路的尽头,我们下了车,放下垃圾桶,用那根宝贵的塑料管敲掉盖子,然后眼睁睁看着那条蛇刹那间消失在一千亩的野燕麦中。

那是我们的垃圾桶,如今依然杵在车道顶端,垃圾公司每周一都在那里收垃圾。从那以后,这么多年来,每次看到那个垃圾桶,我都会想起它曾经装过什么。

教诲和祝福或许会以奇怪的方式降临,是我们意想不到、无法控制、不欢迎或无法理解的方式。我们只能自己去琢磨。

猞猁

2010年11月

上周,我和朋友罗杰一起去了本德,一个俄勒冈州的东部城市,自二十世纪九十年代以来,大量寻求阳光和干燥气候的退休人士都来到这里定居。从波特兰出发,最短的路线是翻越胡德山,穿过广袤的温泉保护区。那是10月末的明媚一日,高大的阔叶枫在常绿林中染出大片大片的纯金色。当我们从山顶下来,进入俄勒冈干旱地带的清朗空气与开阔地貌,天空的蓝色变得更加浓烈。

我猜,本德这个名字源自那条欢腾的河流,本德就坐落于河湾处。喀斯喀特山脉的三姐妹火山和其他积雪的山尖高高耸立在城市西边,高地沙漠的浩瀚则向东席卷。近年来,随着移民涌入,这座城市扩张并逐渐兴盛,但也遭遇了经济衰退的艰难时期。它的繁荣过于依赖建筑业。市中心仍旧宜人，但空置过多，一些高档餐厅关门大吉，放眼望去，一些往独身山方向扩张的新兴度假胜地似乎在测绘阶段就陷入了停滞。

我们住在河西的一家汽车旅馆，房屋是间隔着建造的，建筑物间有一片片杜松林和灌木蒿。长而宽阔的林荫道蜿蜒迂回，彼此交错，构成了有三四个出口的环岛。看来设计道路的人想模仿你把面条掉在地上时会出现的情形。尽管卡玛利书店的蒂娜给了我们细致的路线指引，囊括所有路名，还有往来旅馆的路上会经过的所有环岛出口——尽管1800~3000米高的山峰组成了西方天际线，似乎足以提供方位——但我们没有一次在离开旅馆时不迷路的。

我开始恐惧老磨坊区。只要看到写着"老磨坊区"的路标，我就知道我们又迷路了。如果本德是个大城市，而不仅仅是一座分散的城市，我们可能现在还困在那里，拼命逃脱老磨坊区呢。

我和罗杰是去那里为我们的书《在这里》(*Out Here*)做签售活动的，周五晚上在书店，周六下午在高地沙漠博物馆。博物馆位于97号公路，距离城南几千米。再往前走一点就是太阳河，是最早且规模最大的度假胜地之一。罗杰建议我们在那里吃午餐。考虑到这些度假公寓里流动的金钱，我原本对美食充满期待，但酒吧和烧烤店依然供应你在全美任何地方的酒吧和烧烤店都能吃到的大分量油腻食物，在这里，轻食午餐指的就是一两磅墨西哥玉米片。

我没在太阳河住过，但在该地区其他高端度假村待过几晚。它们无不设计巧妙，融入禁欲系的壮美风光。房屋用木头建造，涂上或染上一系列重复的低饱和色，低调不唐突，周围环绕着大量空地，房屋之间树木林立。街道全都蜿蜒曲折。在度假思维中，直路遭人嫌弃。直角意味着城市，度假区则忙着表达乡村，因此河西所有的林荫道就像面条一样优雅环绕，四处弥漫。但问题在于，由于杜松树、鼠尾草丛、建筑物、街道和林荫道看上去几乎一模一样，如果你在抵达喀斯喀特大道的环岛出口前，记不住科罗拉多大道在何处与世纪大道相连，如果你没有优秀的天生或外带GPS系统，你就会迷路。

几年前，我在其中一家度假村住过，住的是一栋公寓里的祖母套房，在房子周围一百米的范围内我都能迷路。所有逶迤的街道与马路上都排列着一组组雅致的大地色房屋，和其他一组组雅致的大地色房屋如出一辙，没有任何地标，它们一直延伸，反反复复，扩张开去，没有人行道——因为这种地方的存在显然完全基于开车，开车抵达、离开、绕行。

但我不开车。

我坚信,在没有公共交通系统的美国城市中,本德是最大的。建筑业崩溃前,他们正打算对此进行改善。

所以在步行迷路几次后,我就开始对出门感到不安,因为无法辨别哪一条蜿蜒道路上的雅致淡色房屋是我的房子。但祖母如果不出去散步,就会被困在祖母套房里。那可真是太糟了。当你头一次进屋,会想,哦!真不错!——因为整面内墙都是镜子,映照出整间房与大窗户,让房间看起来又大又亮堂。但事实上,房间太小了,几乎完全被床占据。

床上堆满了装饰用的枕头。我数了数,但已经忘了有多少个——有二十到二十五个装饰枕头,还有四五个巨大的泰迪熊。你得拿掉熊和枕头才能用床,但除了床边的地板,根本没地方能放它们,这就意味着没有地板空间,只有枕头和熊。房间另一侧隔出了一个小厨房。没有书桌,没有椅子,不过幸好有个美好的靠窗座位,看向树和天空的视野广阔极了。我就在窗座上生活,等要上床睡觉时,就穿过熊和枕头。

有一扇门锁不上,它通往连接业主公寓的走廊,有人住在那边。我用行李、八到十个枕头和最大最肥的泰迪熊堆抵着门,充作障碍物,谨防我不认识的房东们心不在焉地闯进来。但我对那只熊不抱任何真正的信心。

在重新寻找旅馆的路上，罗杰和我在面条路上绕圈，不断经过那家度假村，每次看见它我都会皱眉，生怕我们莫名其妙钻进去并再次迷路。

我更喜欢小小的汽车旅馆，而不是精心规划的高档度假公寓，对此我隐隐有些愧疚。但这种愧疚很模糊，喜好却清晰而明确。我喜欢汽车旅馆。独创性不是我的菜。从任何层面看，"封闭式社区"都不是我对社区一词的理解。我知道有很多人在这些干旱地带的度假村购房、分时共享或租住，并非为了得到其他中产白人的专属陪伴，而是为了高地沙漠那惊艳的空气与阳光，为了森林、雪道、开阔与宁静。我知道的。这很好，只是不要让我住在其中。特别是那些配备了巨大泰迪熊的公寓。

但上述所有只是为了引出猞猁所做的铺垫。

猞猁住在高地沙漠博物馆。简而言之，在他还是幼猫时，有人拔掉了他的爪子（给一只猫科动物"去爪"就相当于拔掉一个人的手指甲和脚指甲，或是切掉每个脚趾与手指的最后一节）。接着他们又拔掉了他的四颗大尖牙，然后把他当成自己的小猫咪豢养。再然后他们就厌倦了他，或者开始怕他，于是抛弃了他。被发现时，他饥肠辘辘。

一如高地沙漠博物馆所有的鸟类和其他动物，他是无法在野外生存的野生动物。

他的笼子在主楼里。这是一个有三面实体墙壁和一面玻璃墙的环形区域。里面有树和一些藏身地，没有屋顶，向天气与苍穹敞开。

第一次见到他时，我觉得自己从未见过猞猁。他是美丽的动物，比美洲狮更敦实，体形更紧凑。他的蜜色皮毛厚实浓密，腿部和体侧随机散布着黑色斑点，腹部、喉咙和颌毛处则变为纯白。爪子很大，看起来柔软极了，但你肯定不想处在那只爪子的接触范围内，哪怕它凶悍的钩状武器已经被拔除。尾巴很短，几乎是个残根——说到尾巴，美洲狮的尾巴比猞猁和北美山猫的都长。猞猁的耳朵相当古怪，迷人极了，有个长长的尖尖。他的右耳有点被压扁了，或者说有点弯折。一张大大的方脸，脸上挂着平静而神秘的猫之微笑，还有一双金色的大眼睛。

玻璃墙看着不像单向玻璃。我从来没问过。如果他真的意识到玻璃另一边有人，那他并没有表现出来。偶尔他会凝视外面，但我从没见过他的目光聚焦于玻璃另一侧的任何东西，或追踪任何人。他的目光径直穿透你。你并不存在，只有他在那里。

几年前，在一次文学会议的最后一晚，我发现并爱上了这只猞猁。与会作家受邀参加博物馆的宴会，与捐款支持会议的人们见面并交流。这种活动是回报慷慨的合理尝试，无可挑剔，尽管了解了作家们都是什么样后，往往会让捐款人深感失望。而对许多作家来说，这也是一种折磨。像我这样独自工作的人往往不爱交际，事实上就是未开化。如果说钢琴是强项的反义词[1]，那么与陌生人优雅畅聊绝对是我的钢琴。

在晚餐前的红酒奶酪时间，所有捐款人和作家都在博物馆的主厅里游荡、交谈。我不擅长在人群中逡巡聊天，注意到衔接主厅的走廊里没有人，便偷偷溜去探索。我先是发现了北美山猫（他肯定时不时会醒来，尽管到现在我也只见过他睡着的样子）。而后，我进一步远离同胞们的喋喋不休，深入暗淡与寂静，我遇见了猞猁。

他正端坐，用那双金色眼眸凝向幽暗与寂静。动物的纯粹凝眸，如里尔克所言。这凝视便是那纯粹凝眸：目光穿透一切。对当下感到力不从心、格格不入的我来说，那意外而华美的动物存在是那么鲜活、令人安慰而又平静，他那么美，完全自成一体。

---

[1] 这里的一组反义词是piano和forte。piano一词有音乐轻柔、安静的意思，其反义词恰好是forte，指演奏或歌唱强有力。同时，forte有专长、特长之意，作者在这里玩了一个文字游戏。

我一直和猞猁待到不得不回到胡言乱语的人群中。派对结束时，我又偷溜回去看了他一眼。他在小树屋里睡得庄严，软软的大爪子交叉在胸口。我永远迷失了我的心。

去年，女儿伊丽莎白带我去东俄勒冈周游了四天（一次壮游，我希望在网站上用文字和图片把它记录下来——如果我和伊丽莎白能互相鼓励，把它整理出来的话），我又见到了他。在博物馆，我和她一起看了展陈，还有水獭、猫头鹰、豪猪以及其他种种，最后以长时间默默注视猞猁作为结尾。

上周，在读书会前，当罗杰承担了全部重任，正在为博物馆签书时，我又可以多出半小时和猞猁待在一起了。我过去时，他正来回踱步，英姿勃发，也异常焦躁不安。如果有一条能够抽打的尾巴，他肯定会抽来抽去的。几分钟后，他穿过一扇大大的活动铁板猫洞，消失在不对公众展示的里屋。我认为这很公平，他想要一些隐私。我接着去看了活体蝴蝶展，当然无比美丽。俄勒冈高地沙漠博物馆是我知道的让人最心满意足的地方之一。

等我再回到走廊，猞猁坐得离玻璃相当近，正在吃一只超大的鸟。我猜是松鸡。无论如何肯定是一种野鸟，不是鸡。一根尾羽在他的下巴上挂了片刻，可能会降低他在旁观者眼中的尊严，但他并不承认旁观者的存在。

他勤勉又细致地忙于他的鸟。他咀嚼他的鸟,就像过去大家习惯于这样描述吃小羊排的人[1]。他完全沉浸在咀嚼中。由于失去了四颗尖牙,他的情况就很像人没有了门牙:他得用上白齿,从侧面开始吃。他吃得慢条斯理。我确信这会让他吃得更慢,但他即便只是咬到一嘴毛,也从未变得不耐烦。他只是把那柔软的蜜色大爪子搭在午餐上,再次发动攻势。他认真探入鸟的体内时,有些路过的孩子拉长声音尖叫道:"呃!他在吃内脏!"其他一些经过的孩子则满意地低语:"哦,看呀,他正在吃肠子。"

我不得不离开去做读书和签售活动,所以没能看到他吃完午餐。

大概一小时后,我又回来,想在走前再看他一眼,这只猞猁正舒舒服服地蜷缩在他的树屋卧室里睡觉。一只翅膀和一个鸟喙躺在靠近玻璃墙的泥土上。在三根树桩上,猞猁的饲养员们摆出了三只死老鼠——优雅的甜品摆盘,就像那些高档餐厅一样。我想象着再晚一点,当博物馆闭馆,所有灵长类动物消失无踪,这只大猫或许会醒来,打个哈欠,轻盈地舒展着探出树屋,在寂静之中,一只接一只,不疾不徐地

---

[1] 原文中"咀嚼"为discuss,该词现多指"讨论",但有一个生僻的意思是"咀嚼",在十八世纪的小说里经常见到这种用法。

享用他的甜点，黑暗之中，只有他遗世独立。

我正在探索一种联结，一种度假村与猞猁之间的联结。这种联结并不是带我们从一地去往另一地的蜿蜒街道，而是一种与社区和独居有关的精神联结。

度假村既不是城市也不是乡村，它们是半社区。大部分人口都是偶然而至或暂住。为数不多的日常工作者是园丁、门房、维修人员。他们并不住在漂亮的房子里。而大多数住在那里的人却不是因为工作将他们带去那里，而是为了逃离工作。他们之所以去那里，不是因为他们与那里的其他人拥有共同的兴趣，反而是为了逃离他人或者是为了进行高尔夫、滑雪等让人对抗自我的运动，又或者是因为他们渴望荒野的孤独。

但我们并非独居物种。无论喜欢与否，我们都是要聚在一起叽叽喳喳的人。社交是我们的天性，只有在群体中，我们才能茁壮成长。对人类来说，长期独自生活是完全反天性的。因此，当我们厌倦人群，渴望空间和寂静，我们会在偏远地区建造这些半社区、伪社区。然而可悲的是，去那些地方，涌入沙漠，我们往往找不到真正的社区，反而只是破坏了我们寻觅的孤独。

至于猫，大多数种类的猫都不社交。最接近猫系社会的可能是一群活跃的母狮，为幼崽和懒散的雄狮提供食物。农场猫共享一座谷仓，形成一种特定的社会秩序，不过公猫对这个社群而言更像是威胁而非成员。成年公猞猁都是独行者。他们独自行走。

我那只猞猁的奇异际遇让他住进了一个人造环境，一个对他而言全然陌生的人类社区。他与自己天然而复杂的荒野栖息地隔绝开来，令人痛心，极不自然。但他的疏离淡漠，他的孤立独处，又是他真实的本性。他保留了那份天性，并将其原封不动地带入我们之中。他将坚不可摧的独处天赋带给了我们。

俄勒冈高地
沙漠大牧场一周笔记

2013年8月

我们住的房子在一片小小的牧牛场上，位于一条溪谷中，溪流从山上奔涌而下，在陡峭的山脊间雕琢出一块长满柳树与青草的绿洲，山顶覆盖着城垛般的玄武岩壁——顶岩。跨过溪流便是农场住宅，掩映在高大古老的垂柳之下。房屋背后，东边的山脊骤然抬升；而我们的房子背后就是西边的山脊。牧场地势平坦，青草离离，填满了两山之间的狭长地带；陡峭的山坡上则满是灌木蒿、金花矮灌木、裸露的泥土和岩石。在长长溪谷的远处，大部分动物仍然在夏季牧场。房子周围悄然无声。离这里最近的城镇位于北方约五千米处。今年这里的居民只有五人。

第一天

五只燕子停在近处的电线上。

一只异常激动的扑翅鹆忽然注意到另一根电线,紧接着便传来它噼里啪啦的鸣叫声。

雨悬在乌云之中,乌云沉沉地压在山脊之上。

一只母鸡下了一个蛋:骄傲自满的大爆发。两只公鸡打鸣,彼此竞争。

孔雀发出英勇、悲壮、猫叫般的呼号。

太阳很快就要从山脊的峭壁上升起,在日出后一小时。

在东边与西边的悬崖之间,黑鹂自凉爽荫蔽的空中飞过,几十只一队,每一队都喧嚣着哗啦啦的羽翼声,是轻盈跳动的冲刺与震颤。风时而在羽毛间咝咝作响。

在它们上方,在那遥遥的寂静之中,燕子穷追不舍,最小也最甜美的掠食者。

一条飞机尾迹越过东边的山脊,逐渐化作透明。

天光慢慢亮到难以直视,不得不挪开目光时,我闭上了双眼,在眼皮里看到山脊长长的曲线是深红色的,最深的那种红,红色之上是一道绿色,最纯粹的那种绿。每一次我都看一下,然后再闭上眼,那道绿色变得越来越宽,燃烧着清澈纯粹的翡翠之火。而后,在绿色的中心出现一圈诡异的淡蓝。

我睁开眼,看到了源头——太阳,只一眼,便盲目而谦逊地将目光垂向大地,垂向漆黑熔岩小径。

太阳的光线刚洒落在我的脸上,温暖也随之而至。

下午那场暴雨过后,高高堆积的雨云如颤抖的高塔扫过牧场,风翻滚古老高大的柳树,枝条如海草在海浪中扭动,最终这一切都过去了,静谧的黄昏在山脊间的空气中弥漫,马儿们开始活蹦乱跳。那匹杂色小马和其他三匹栗色马相互又咬又踢,时而奔跑,时而站立;就连年迈的达里尔,那匹背部凹陷的红色头马,也稍微和小公马们玩了一会儿。它们相互戏弄,狂奔着穿越牧场,马蹄在大地上敲击出野性的音乐。它们渐渐平静下来,沿着溪流向北离去。老红马的白色侧腹在漆黑柳荫之中如萤火虫般闪烁。

夜晚,醒着,我想到它们站在湿漉漉的草地上,在柳树间,在夜里。

夜色深沉,我站在门口。薄纱般的云越过酷热天穹,一往无前。东边的山脊之上,有一团模糊的闪光,那是昴星团。

第二夜

第二个晚上,万物苏醒,不眠不休的蟋蟀骤然失声。雷声在山脊与山脊、峡谷与峡谷间回荡,由远及近。黑暗被劈开,袒露它所隐藏的一切。只是一瞬,生物的眼睛能在这样糟糕的光线中看清世界。

第三天

下午，西边山脊的大乌鸦带着孩子们飞越两座山脊之间，用它们充满"r"声发音的语言呼喊着。年纪最小的说了很多，长者们则简短回应。而后突然间，似乎有五只乌鸦，还是六只？——不，这些是秃鹫，突然出现在空中，十一只、十二只、九只、七只……以惊人、从容、永不打破的沉默翱翔，消失，出现，盘旋，拿高度、距离以及彼此取乐。

过了一会儿，它们都往南退去，向着山，是空中温暖高塔的沉默领主。

晚餐后，走在从戴蒙德家出来的路上，我们听到田野那边远远传来刺耳诡异的合唱，是郊狼一家。一只夜鹰呼叫。一次毫不费力的跳跃，蹄子触碰金属，发出响亮的咔嗒声——那只母鹿如翻滚坠落的浪花，轻盈跃入暮色。古老而高大的杨树囤积着黑暗，在它们身后，各种声音以绝对的权威温柔开口。云朵之下，红色的太阳光芒四射，沉落，消失。猫头鹰不再说话。古老的树木终于释放了它们的黑暗。

第四天早晨

阳光填满八百米外的开阔山谷,但在这里,在悬崖高耸的山脊之间,我坐在风声呼啸的阴影之中。还得在熔岩门阶上静候半小时,才能等到光辉越过山脊黑漆漆的主体,光线聚集,汇聚成太阳本身。此时此刻,昨日雷雨的雨水从没有檐沟的屋檐滴落到我的头和书上。

在环绕房屋的围栏外,大块头的黑牛正勤奋咀嚼雨水馈赠的青草。孔雀拖着寒酸、邋遢的尾巴,正在熬8月的换羽期,自豪感降到只剩下天蓝色的头、酋长的冠羽,以及嘈杂的、猫叫般的、哀哀戚戚的聒噪叫喊。

矮脚雄鸡厉声尖叫:这是——一个——唤醒——号!这是——一个——唤醒——号!大公鸡则以更深沉的嗓音尽显毫无公平可言的优越感。母鸡却不予理会,它们四散开来,飞掠而过,如同帆船疾行过草地。现在它们开始聊天,聚集回母鸡舍——格雷琴出来撒食物了。

每天早晨,飞机云都在它浮现之处闪耀,此刻正稳定地向北也向东飘去,飘向太阳即将升起的地方。在随着光亮渐强而逐渐变暗的山脊背后,它缓缓掠过,色彩斑斓。

太阳已经升起。它在壮美中冉冉升起。

这从不食言的奇迹,每天晚几分钟,每天都更往南一些。

那更小的奇迹,黑色熔岩变为闪烁微光的紫红色和蓝绿色,在我观察与欣喜的双眸中点亮,它发生过,现在已经结束。粗糙的黑色岩石保守着它的秘密。

每日造访的蜂鸟攻击不存在的事物。它被我的橙色茶杯吸引。

敦实的大黑牛咀嚼、呼吸、凝视,每一只身后都跟随着一群小小的黑鸟。所有的生物都在努力谋生。

我坐在粗糙的黑色台阶上,试图识破它们保守的秘密。但我做不到。

他们保守着秘密。

在蜕变中
孔雀走开，
以仪式中的节奏：一步，一停，
一步，一停：
被加冕，或被斩首的国王。
它的辉煌仅残一丝遗迹，
被剥得精光，白骨森森，
拖在它身后的泥泞中。

第五天下午

数百只黑鹂聚集在房子南边的牧场上，彻底消失在高高的草丛中，随后又如涟漪和巨浪般升腾，或涌向山脊下那棵孤零零的树，直到低处的枝丫不是因叶子而变绿，而是因鸟而变黑。随后它们又从树上流淌而下，流入芦苇丛，化作一道波光粼粼的粒子波，划过天际。实体是什么呢？

无暇他顾

[美]厄休拉·勒古恩 著
姚瑶 译

图书在版编目(CIP)数据

无暇他顾 /(美)厄休拉·勒古恩著;姚瑶译. --
北京:北京联合出版公司,2024.11(2025.1重印). -- ISBN 978-7
-5596-7977-2
Ⅰ. I712.65
中国国家版本馆 CIP 数据核字第 20247Q0S09 号

No Time to Spare

by Ursula K. Le Guin

NO TIME TO SPARE © 2017 by Ursula K. Le Guin
Published by arrangement with Bardon-Chinese
Media Agency and Ginger Clark Literary, LLC.
The moral rights of the author have been asserted.
Simplified Chinese translation © 2024 by United Sky
(Beijing) New Media Co., Ltd
All rights reserved.

北京市版权局著作权合同登记号 图字:01-2024-4120 号

出 品 人	赵红仕
选题策划	联合天际
责任编辑	李 伟
特约编辑	张雅洁
美术编辑	梁全新
封面设计	孙晓彤

出 版	北京联合出版公司
	北京市西城区德外大街 83 号楼 9 层 100088
发 行	未读(天津)文化传媒有限公司
印 刷	大厂回族自治县德诚印务有限公司
经 销	新华书店
字 数	146 千字
开 本	787 毫米 × 1092 毫米 1/32 8.75 印张
版 次	2024 年 11 月第 1 版 2025 年 1 月第 3 次印刷
ISBN	978-7-5596-7977-2
定 价	58.00 元

关注未读好书

客服咨询

本书若有质量问题,请与本公司图书销售中心联系调换
电话:(010) 52435752

未经书面许可,不得以任何方式
转载、复制、翻印本书部分或全部内容
版权所有,侵权必究